Stories of an Amazing Dog Faith Alone

小狗菲斯

[美] 朱迪・斯特林费罗（Jude Stringfellow）著

叶连城　陈　庆　译

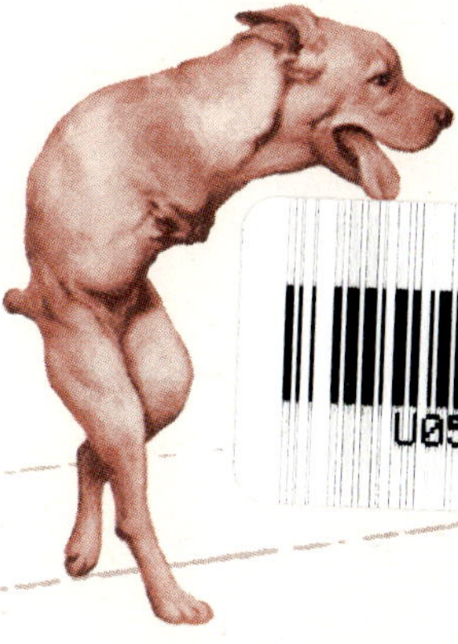

重庆出版集团　重庆出版社

FAITH ALONE:STORIES OF AN AMAZING DOG by JUDE STRINGFELLOW
Copyright © 2006 BY JUDE STRINGFELLOW
This edition arranged with Jude Stringfellow
Through BIG APPLE AGENCY,INC.,LABUAN,MALAYSIA.
Simplified Chinese edition copyright:2012 CHNOGQING PUBLISHING HOUSE
All rights reserved.
版贸核渝字(2010)第 207 号

图书在版编目(CIP)数据

小狗菲斯/[美]斯特林费罗著;陈庆译.—重庆:重庆出版社,2013.5
ISBN 978-7-229-04293-6
Ⅰ.①小… Ⅱ.①斯… ②陈… Ⅲ.①长篇小说—美国—现代 Ⅳ.①I712.45
中国版本图书馆 CIP 数据核字(2012)第 208207 号

小狗菲斯
XIAOGOU FEISHI
〔美〕朱迪·斯特林费罗 著 叶连城 陈 庆 译

出 版 人:罗小卫
责任编辑:肖化化
责任校对:杨 婧
封面设计:淡小酷

重庆出版集团 出版、发行
重庆出版社

重庆长江二路 205 号 邮政编码:400016 http://www.cqph.com
重庆出版集团艺术设计有限公司制版
重庆华林天美印务有限公司印刷
重庆出版集团图书发行有限公司发行
E-MAIL:fxchu@cqph.com 邮购电话:023-68809452
全国新华书店经销

开本:720mm×1 000mm 1/32 印张:5 字数:75 千
2013 年 5 月第 1 版 2013 年 5 月第 1 次印刷
ISBN 978-7-229-04293-6
定价:22.00 元

如有印装质量问题,请向本集团图书发行有限公司调换:023-68706683

版权所有 侵权必究

序

这个故事我已经说了无数次。无论什么时候,只要我出现在商场里,而刚巧又有人——或通过电视节目,或因为报纸杂志——认出了我,我就得跟他重复一次我和爱犬菲斯的故事。可我往往才开了个头,或刚讲到一半,就不得不匆匆收尾,因为我得买单走人了。然而这一次,我终于有机会坐下来,同大家一起尽情分享我生命里的奇迹——我的爱犬菲斯。菲斯不是一只正常的狗,但是它却非同凡响。我想一定是上帝知道我的生命里需要一个奇迹,于是就决定将菲斯赐予我——一个鲜活的、真实的奇迹。

上帝是英明的!菲斯闯入我们生活的时候,家里的情形正是一团糟,一家人在伤害与心痛的边缘中艰难度日。我们的心情虽然阴晴不定,但不论何时每个人都在为这个家的裂痕担忧。我们能够弥补这个裂痕吗?还只是勉强做一番努力,最后听天由命。而事实上,大多数家庭都会遭遇同样的困境。无论是开始全新的生活,还是努力去忘记眼前的悲伤,都一样的艰难。你甚至很难找到恰当的时机

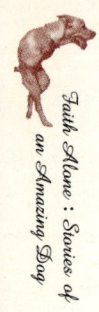

来改变生活里这种令你受伤的局面，好让一家人过上和睦的日子。十来岁的孩子总是不愿告诉父母，大人们到底哪里做得不对伤了他们的心。而做父母的往往又很难做出什么改进，因为他们既要一如既往地长于工作，又要为生活而疲于奔命。但是，我们也真的不想这样永远地难过下去——我们必须找到救赎的路。而这条路就是：照顾菲斯。

感谢上帝，他把菲斯赐给了我们！菲斯刚到我们家的那天，我还未曾意识到，但很快我就明白过来，菲斯，正是我们家最需要的那个奇迹！是她给了我们全家一个契机，让我们可以一门心思地关注她，而暂时忘却那些关于自己的种种困扰。菲斯从来都是一只不同寻常的狗。她一出世就身体异常，又生在一个不幸的家庭，也从不曾有人把她当做一只普通的狗。她有严重的生理缺陷需要克服，但仅靠她自己又绝无可能渡过难关。菲斯的处境突然点醒了我，我的家庭也存在许多严重的问题，而任何一个问题也不是我一个人就能够解决的。所以我想，也许，只是也许，如果我能倾尽全部心力照顾好菲斯，让她尽可能变得正常一些，普通一点，那么我自己也能借此忘却烦恼，至少可以比以前更加宽容一点。而出乎意料的是，菲斯不仅彻底改变了我，改变了我的孩子们，甚至改变了这个世上许多许多人的生活。而这一切只因为她实现了我们对她的期许——凭着信念"走"起来！

刚开始儿子鲁本（我们叫他小鲁）把菲斯带给我的时候，她还没有名字。当时的菲斯，只是一个黄色的毛茸茸的脏兮兮的小东西，她一动不动地躺在鲁本的怀里，看上去非常虚弱，身上又有伤，谁看了都不会想要她——哪怕到垃圾堆里去捡一只小狗你也不会选择她，而且你肯定也和我当时一样注意到：她没有右前腿！是的，没有！就是没有！而她的左前腿完全向后弯曲，几乎是悬空挂在她的左肩上——就像一个被弄坏的芭比娃娃，甚至像是一只海豹的幼崽。我记得儿子还问我，我们能不能把她的腿扳直？其实我心中也曾暗想："但愿我能。"然而，我知道，这不可能！

除了伤口和畸形，小家伙的身上还有一股恶臭的味道。她的身上满是让人恶心的大便和毛发结成的疙瘩——她此前要么一直在大便里趴着，要么就是一直在里面滚来滚去。真是一个既难看又难闻的小东西！

但，一切却在这时起了变化。

小狗菲斯

序

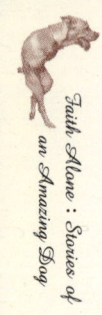

　　小狗从儿子的手掌中抬起了头——她那么瘦小，以至于鲁本一只手就能托起她的整个身子——她仰起头，转过脸来，往我所在的方向直直地看过来。因为喉咙受了损伤，她没有吭声，也没有发出任何响动，只是静静地看着我。接着，她眨了眨眼睛，然后又继续望着我。那是一双谦傲的棕色大眼睛，目光是那么的炯炯有神，一时间我为之呆住了，竟然无法把视线从她身上挪开。她的眼睛似乎在说话："我能行，我可以。你愿意帮助我吗？"我不知道我当时是否大声地回应了她；但我知道，我的心从此永远改变。我不能对她说"不！"也不可能说"不！"因为就在那一瞬间，我的心已然完全为她牢牢俘获！

　　在给她正式取名之前，大家就叫她"小黄狗"。我们实在不知道该叫她什么好，所以把各种可能的名字都考虑了一遍之后，才最后确定下来。凡是涉及到取名的事情，我们都非常地重视，总是先拟上好几个名字，然后再一个一个排除，直到剩下最后一个。我的幼儿凯蒂想叫她"奇迹"或者"公主"，但"公主"已经是她妈妈的名字了。我估计小鲁想叫她"格蕾丝"，而我想叫她"小勾"，正好跟"小狗"谐音。我清楚地记得，最后是劳拉说："好吧，上帝创造了她，这本身就是一个奇迹。但是她要真正站起来行走，那就一定需要信念，我们叫她菲斯①吧！"不过，我还是管她叫"小黄狗"，到现在要是我和她单独在一块儿，我还这么叫。她不介意我这样，而我也百分之百地肯定她晓得自己真正的名字，因为无论我们去到哪儿，人们都对她喊"菲斯！""菲斯！"她便回头吐吐舌头，露出灿烂的犬式笑容。

我得说，因为四肢不全，她的确显得有些不正常，但除此外，她和其他狗狗没什么两样，再正常不过了。她会在我们屋子后面的林地里追兔子，不然就在前门外追那棵树上的松鼠。她去桃乐丝公园，就想着把鸭鹅撵到水里！劳拉有几次不得不跳下水去救她，因为你猜怎么着，菲斯游泳没其他狗游得好。她能游，但泳姿不漂亮。我以后会在另一章里再给你们讲讲她游泳的事儿。我们都希望咱家的狗狗尽可能正常一些，而这就不仅需要很大的努力，也需要些许的信念。

---

①菲斯，英文是 Faith，就是信念的意思，此处为音译。

目录 Contents

序 001

第一章 菲斯到来之前 001

第二章 他带菲斯回家了 005

第三章 普特南医生 010

第四章 美奇丝和伊恩 015

第五章 下吧！下吧！下雪吧！ 023

第六章 前进吧！ 028

第七章 KFOR电视台第四频道 035

第八章 信不信由你 039

第九章 纷涌而至的拍摄日子 044

第十章 纽约城！ 054

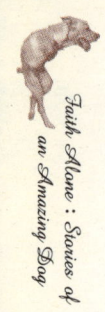

第十一章　莫瑞·波维奇　062

第十二章　纽约街头　074

第十三章　蒙特尔·威廉姆斯　081

第十四章　芝加哥的小插曲　086

第十五章　《内幕新闻》、PBS 和奥普拉！　090

第十六章　和世界名犬菲斯一起出行　099

第十七章　军事基地、狗狗欢乐日与医院　106

第十八章　爱犬菲斯的日常生活　117

第十九章　媒体眼中的菲斯　121

第二十章　说一说菲斯的那些小趣事　127

第二十一章　最后再说几句，说完又得出发　139

后　记　142

译后记　144

第一章　菲斯到来之前

鲁本满十五岁半的时候正好是十一月份。一个周日的早晨,他自作主张地把车开出车库,帮我热车。通常俄克拉荷马的十一月还算暖和,但那个周日的早晨可真是冷气逼人,以至于鲁本这小子都想到要帮妈妈去热车。我那天早上本来是要开车送全家人去教堂的,可小鲁觉得在这样的天气里,他完全有理由把车开出来,提前热好车,给我这个当妈的一个惊喜。哇哦,回想起来,我的确是被他惊到了。当时我正在浴室化妆——只要最后再涂抹几下就行了——而我的姑娘们,也不知道为什么,那天早上就是不想去教堂,不过也幸好她们当时没去。有时候姑娘们会熬夜上一通宵的网,或者瞒着爸妈煲电话粥,所以早上的时候她们肯定累得爬不起来,当然也就不可能为去教堂作准备了。但只要她们醒来了,一般都会在出发之前去厨房吃碗麦片,或者在冰箱搜出手撕芝士狼吞虎咽一番。如果是那样的话,她们那天可能(或者说很可能)会被车子撞伤,因为当时

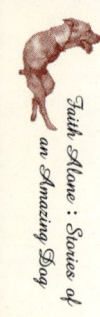

在小鲁把车开上马路之后,车子竟然"砰"的一声巨响,猛然撞穿了厨房的墙壁,径直冲进屋子,把沉重的冰箱都撞到了几英尺外的厨房地板上。"怎么啦?"我记得当时我都惊叫了起来。那见鬼的响声是怎么回事?我冲出浴室,冲过客厅,只见我那车头——至少看着像车头的东西——竟然跑到厨房里来了。几面墙都被撞烂了,一个白色的东西从巨大的洞里突出来。我想去车库看看发生了什么事,可是冰箱却把路给堵了。我知道这只可能是鲁本干的,因为姑娘们都还睡着呢。我估摸着,连墙被撞开了也没吵醒她们。

我总算是绕过冰箱进了车库。可一进车库的门,我就被淋得透湿。洗衣机显然也被撞烂了,似乎有几百加仑的水从里面喷了出来。原来,撞穿墙壁的根本不是我的车头,而是我的洗衣机!而我的烘干机,也好不到哪里去。先是车子把洗衣机撞了个大洞,接着洗衣机又把烘干机撵到了厨房的墙柱上。到处都是水!我的车子被染成了白色,我的冰箱、洗衣机、烘干机甚至连厨房的墙漆都成了白色的。满眼一看,除了一层层的白漆,就是四处散落的柱子和机器。当时我一心只想着儿子,他很可能就被挤在这中间的什么地方。我听见车子的发动机还在响,车轮也还在转个不停。我没办法从车顶直接爬到驾驶座,于是想从车子后面绕过去找我儿子,可我心里又实在害怕,不过最终我还是绕过去了。等我到了车子前面,他竟然不在车里。我儿子不见了!我儿子哪去了?水还在往外喷,我看不清楚又穿不过去,现场一片混乱。更要命的是我已经冷得快不行了,我甚至觉得自己就要冻死在车库里了。我拼命地喊着鲁本的名字,但是他却没有任何回答。

大约一分钟后,我找到了他。他当时正坐在屋子的门廊上,抱头大哭,他的身子不停地起伏战栗,嘴里不断地念着"对不起"。当时我已经忘了自己有多冷,只想着马上查看小鲁,看他有没有事。他看上去有些惊慌失措,不过身体完好无损。我又折腾着回到车库把车子熄了火——我没办法止住狂喷的水,又没法把车子拖出来,但至少我能把火熄了。我抱着儿子,一遍遍地问他有没有伤着。没事,他告诉我,他没事,但是车子……他当时只是为车子感到很难过,我想他恐怕还不知道其实家里所有的电器都已经被他毁了。

过了一会儿,一位邻居老太太因为听到响声也跑过来

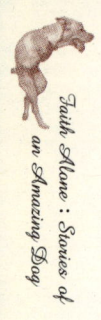

看到底出了什么事。她让她先生去关了水的总闸,因为他有阀门扳手。看到我的整个车库都泡在六尺深的水里,我真是"惊喜"啊。接下来为了送小鲁去医院检查,我们又遇到了大难题,因为我们得先把车头从洗衣机里弄出来。还好,我们搞定了! 就要到医院的时候,我儿子转过身向我许诺说:"妈,我保证,以后只要是你不允许的事情,我绝对不干。我其实只是想帮你热车,给你一个惊喜。"这孩子就是这样! 鲁本也还算信守承诺,在接下来的几个月里,甚至后来一年多的时间里,他干什么都要问过我,否则不敢轻举妄动。然而,在一年半之后,他又把车子开进了我的租住屋,他最终还是违背了自己的承诺。

第二章　他带菲斯回家了

鲁本有个最要好的朋友叫乔纳森,到现在他们俩关系都还很好。小鲁上五年级的时候,有一天他兴奋地跑回家告诉我,他找到了一个最好的朋友。他说,乔纳森不只会成为他的普通朋友,而会是他最好的朋友,还会跟他一起踢橄榄球呢。鲁本那时已经踢了一年的橄榄球了,他一门心思地想要说服乔纳森也加入他的球队。乔①不那么喜欢橄榄球,其实他更是一个足球迷。这些年来,这哥俩其实有很多分歧,但他们一直很亲近。在他们十七岁那年,乔有一次打电话告诉鲁本说,他们家那只叫"公主"的狗狗生了一大窝小狗崽。我觉得特别意外,因为我记得我曾给过乔的姐姐珍娜一笔钱,让她找人给"公主"做过手术,所以她应该不可能会生小狗的。再说,"公主"肯定已经十二岁了,在这个岁

---

①乔:乔纳森的昵称。

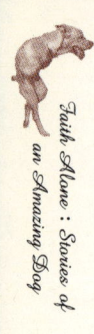

数生宝宝,对于一只狗来说,年纪也太大了。我不仅担心那些小狗崽,也为"公主"的状况担忧起来。

其实,乔打电话来不仅是要告诉小鲁,"公主"生了一窝小狗崽,更是要告诉他,有几只小狗生下来就有毛病,而且这几只里面,有的已经死了,有的也已经快不行了,所以得找人埋了那几只死了的小狗,还要照看那些奄奄一息的小可怜。他希望小鲁跟他一起来,因为好朋友就该在这种时候出手相助。鲁本问乔,是不是所有小狗都死了——我听到这,也不管小鲁还没挂电话,就立刻冲着他喊:"不,鲁本,你不能把狗带回家。你不能带小狗回来,听见了吗?"他听见了。他点点头,又朝我招招手,示意他听到了我说的每一个字。一般来说,我说的任何事情,所有事情,鲁本都会照办。他不是一个非常叛逆的孩子,他其实也想努力地做个好儿子,因为他觉得自己是家里的男人。他想向我,也向他自己证明,他能作出正确的决定。

还记得我儿子开车撞穿厨房墙壁之后对我作的承诺吗?这回他就要违背这个承诺了。就在和乔纳森出门之前,他亲了亲我的额头,说:"别担心,妈,我只是去埋了那几只死去的小狗,然后把活着的挪到暖和一些的地方。"但从此以后,家里再也不是一只狗跟我过日子了。我们家里本来就有一只狗,叫美奇丝。而原本连这只狗都不该养的。我们的房东弗兰克对于我们养美奇丝就已经很不高兴了。当初我租房子的时候,他就说过不能养狗。而那时候,美奇丝被寄养在朋友那,所以我们也就没跟他提美奇丝的事。那天,我真的相信我儿子会信守承诺,晚上还会回家做作业。他有一章英文课程要预习,而且我还要帮他一起完成写作任务。

时间一分一秒地过去,还是没看见鲁本的人影。我开始洗碗,做清洁,最后活都干完了,只得坐下来看报纸,又仔细读了一遍我最喜欢的版面——漫画版。我常看的连载漫画叫"小恐龙托德",讲的是一只该上小学的恐龙,他老是惹祸,却又总是那么可爱。其实,托德的创作人正是我的好友帕特里克·罗伯茨。帕特里克和我在同一间教堂做礼拜,他画的那些关于托德的故事总是让我猜想他小时候的样子,没准他自己在成长过程中也惹过这些麻烦。在某些方面,托德和鲁本也挺像的。谁可以肯定,最近托德就没有给他妈妈带什么小狗回来?不过再想想,托德也没有妈妈。

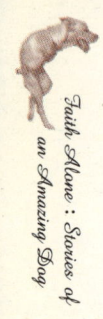

　　忽然前门开了,我儿子蹿了进来,身上穿着他的63号球衣,脸上笑嘻嘻的,球衣下摆塞在裤子里,可是他一般都不这么穿的。他径直走进厨房,脸上一直带着笑。我知道,肯定有蹊跷!果然,鲁本的肚子开始微微动了起来。我顿时目瞪口呆:"鲁本!不行!你不能带小狗回家。小狗也不能离开妈妈,他们只有两周大。"我强烈抗议!我简直忍无可忍,气得把洗碗巾猛地一下从肩膀上甩下来。刚刚才跟这孩子说好了,不能带小狗回家。他衣服底下绝对是只小狗!我是看不见小狗,但我看到那动来动去的小鼓包,还有他那满脸的堆笑。鲁本立刻为自己辩护,言之凿凿地说,如果他不出手相救,那小狗就会被自己的亲妈给弄死。他给我描述了"公主"是如何如何压在这只小狗身上……他还告诉我这是只小母狗。接着,他又开始跟我念叨,他是多么不想让这小狗死了。"公主"压在她头上,都要把她闷死了,他不能坐视不管,必须得做点什么。他甚至还试探着说,要留下这只小狗,等到"公主"能接受她了,再送她回去。到时候,小狗长大些了,打得过其他小狗,也就能抢到妈妈的奶喝了。是嘛,说得跟真的似的!

我还是坚决反对,拉长着脸,没有让步,也不会让步。对这种事,我也不能让步。我说了算,我是当妈的……然后,他把小狗从衣服里捧了出来。她静静地躺在那里,张着嘴儿,却发不出一点声来。我看得出来,她其实想努力叫出来。就是看见她的那一瞬间,我所有的抗议都烟消云散了。她抬起头,直怔怔地望着我,那表情就像一个受伤的小天使。她受伤了,奄奄一息,而她唯一能做的只是望着我,无声地祈求我,是否愿意救救她?鲁本此时一言不发,而我则一直凝视着小狗的脸。我在祈祷,我请求上帝能让她活下来。我流着泪从鲁本的手中把她接过来。她细嫩的左前腿折得那么厉害,都搭到左肩上面去了,就像芭比娃娃被弄坏的手臂。鲁本问我能不能把她的腿扳回去。没用的,我跟他说,那样做是没用的。右前腿完全没有,左前腿又用不上,我真的不知道她将来能否学会走路,学会自己找吃的,学会去大小便,或者说学会做一只正常的狗。

小狗菲斯 第二章 他带菲斯回家了

第三章　普特南医生

菲斯躺在我的手上,就这样注视着我的脸。片刻之后,我竟然做了两件连我自己都不敢相信的事情。我不仅帮她洗了澡,还决定把她永远留在家里。她出生才几个星期,是那么弱小那么幼嫩。我不知道狗狗专用香波能不能把她身上的粪便和杂毛洗干净,所以还是决定用普通的香波。我小心翼翼地抱着她,在水槽里给她洗澡,可费了我不少的劲儿。可怜的小家伙在恶心的粪便堆里都躺了好几天了,而且肯定还在里面翻来滚去的。也不知道她有多久没吃东西了,她开始在我的手指上又是舔又是吸,就为了喝些水填肚子。鲁本跟我说过,等她长大一点,能争得过其他健康的小狗抢到母奶喝,到那时候也许就能让她回去了。对于小鲁的这番话,我当时根本没多想,我只是在心里盘算着,小狗洗了多久了?另外,今晚家里还有什么东西是我能用得上的呢?

鲁本小的时候，我没钱给他买普通的婴儿配方奶粉，就在一本食谱上找到一种老式的配方：往"米露"牌罐装奶里放点玉米糖浆，然后用眼药水滴管加几滴维生素，最后再掺上等量的蒸馏水。可小狗毕竟不是人，所以我为她的奶粉配方直犯难，最后还是决定暂时不加维生素，等明天早上问了医生后再说。这样总可以吧！我照着食谱调好奶，然后开始给菲斯喂食，或者应该叫小黄狗，因为那时候大家都是这么叫她的，我都有点搅糊涂了！她还不能利索地吸吮我手指上的奶汁，但她能舔。她那原本惊恐不安的眼神现在变得急切兴奋起来——吃的！

我给兽医诊所打了电话，知道他们还得好几个小时才上班，所以就在电话录音上留了言。我本来可以给迪安娜·普特南(Deana Putnam)医生挂个紧急电话，而且我差点就这么做了。但我还是想先确定这只小狗能不能活过今晚，如果实在不行，我也就不必打紧急电话去麻烦她为这事操心了。普特南医生和我小时候一块上学。她一直很喜欢猫猫狗狗，尤其喜欢猫。不过她不是那种和你一起跳房子、荡秋千的普通女孩，她不仅聪慧过人而且凡事都喜欢探个究竟。所以后来她做了兽医，也就不足为奇。我一生中

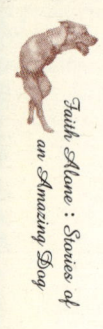

遇到过许多的兽医,而她确是我生平所见最优秀的兽医之一,不仅因为她的非凡才智,更因她对动物发自内心的深情关爱。

第二天一大早我给普特南医生打了电话,她建议我把小狗带过去。我当然照办。她简短地向我解释了一下,为什么菲斯很难真正学会走路。她当兽医那么久,还没见过一只狗两条前腿都用不上的。她见过很多只有三条腿的狗,要么是缺一只前腿,要么是少了一条后腿,但还没见过两条前腿都失去的。虽然菲斯左边长着小小的前肢,但因为畸形也很有可能会萎缩掉。它没有关节,却有七个趾头,既不能帮着站立,也不能负重。照医生的意见,要想菲斯活下去,我们决不可以让她胸口着力,得让她用腿站起来。当时,她刚好稍稍地拱爬了两下,医生说如果像这样爬下去,胸口就会磨出一个洞,如果她用下巴蹭在地板上爬,她的小下巴也会受伤,而且肯定很疼。这我能想象得到,她会把小脸往地上一蹭,再往后一抬,使劲把身子往前拱一寸远,接着又把脸往地上一蹭。如此反复。普特南医生说得对,我们必须想法子让她坐起来,或者让她像兔子那样跳,避免她磨伤下巴和胸口,否则的话她可能会感染,那就会伤得更重,甚至可能因此而死。

普特南医生给我介绍了"老虎牌"奶粉,一种给小猫幼崽喝的配方奶粉,不用医生开处方就能买得到。我用眼药水滴管给菲斯喂奶,差不多喂了两个礼拜。这可不是件容易的事。按狗的天然习性,她每隔两小时就该从妈妈那儿喝奶了,我们不得不设上闹钟,每两小时醒来一次,给菲斯喂奶。我的女儿劳拉和凯蒂理所当然愿意接下这活儿。她们一下子就爱上了菲斯。有件事大家可能不太了解,鲁本才是菲斯的第一位主人。从他把菲斯带回家的那一刻起到2003年3月他离开家,大家一直公认他才是菲斯的主人。他走的时候想把菲斯送给凯蒂,但凯蒂那时刚劝我让她也养一只狗,给菲斯当个伴。我们原来那只狗美奇丝已经长大了,压根没兴趣搭理菲斯。凯蒂建议鲁本让劳拉做菲斯的新主人,鲁本答应了。就这样,菲斯又成了劳拉的狗。

我们把闹钟调成每两小时响一次。我先起来喂菲斯,然后把闹钟交给劳拉,两小时后她再起来。之后她传给凯蒂,凯蒂再传回去给鲁本。我们还真是轮班照顾菲斯,确保她养成良好的进食习惯。训练她到外头去排便比我们想象

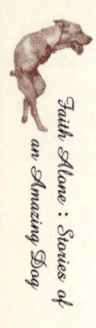

的要难，我们不能把她的鼻子按进"臭臭"里教训她，指望她能到外头去大便。我们只得把臭粪便捡起来带出去，让菲斯也跟出去看，让她明白应该在哪里大便。而教她尿尿又是另一个故事了，我们也知道那肯定也是让我们头大的事情。而这也正是她的狗友伊恩到来的原因。

第四章　美奇丝和伊恩

美奇丝是只完美的狗，兼有一半德国腊肠犬血统和一半英国比格犬血统。他来自俄克拉荷马州育康市一家名叫"宠物与人"的反杀戮动物庇护所。普特南医生是这家庇护所推荐给收养人的兽医之一。当我收养美奇丝时，该庇护所正好向我推荐了他。我和我的老朋友也就是这样重新熟络起来的。收养美奇丝是 1999 年，当时租给我们房子的女房东并不介意我们养宠物。不久以后，美奇丝被我们的猫训练得比猫咪还听话。不叫他吃他就不吃，不叫他玩他就不玩。到六个月大的时候，这可怜的小家伙已经完全被猫咪们搞糊涂了。后来房东把房子卖了，我们就搬走了，宠物也没法养了。那兴许是我们的人生中最伤心的一刻，我们是多么地想和宠物们一起住在温暖舒适的房子里。

我们让一户好人家收养了美奇丝。那是一个下雪天，我们在一家商店里遇见了他们，他们家就住在这家商店的

另一边。而几周之后,我接到来自空军基地的电话。一位机长来电告诉我他捡到了美奇丝。我向他解释,美奇丝其实已经不是我的狗了,只是狗牌可能还没有更换而已。收养美奇丝的那家人在空军基地把他给放了,想着有人会捡到他,也果然被人捡到了。那位好心的机长想收养他,我同意了。但我事先必须得警告这位好心的机长,美奇丝已经完全被我们宠坏了。他得陪着这小狗一起睡,还得容忍他在被子底下又刨又拱。每天要喂食好几次,每次一点点,不能一次喂太多,遛狗也只能遛一小会儿,因为美奇丝不喜欢户外运动。另外,我还提醒他,白天的时候美奇丝喜欢睡在沙发的靠背上。把这些规矩都搞明白了之后,机长就把我的小胖狗迎进了他的生活。感谢上帝,美奇丝总算有人照顾了。

经过离婚和之后的一些事,我在2001年7月25日最终获得了两个女儿的完全监护权。那天正好是凯蒂的11岁生日,两天后我终于获准能够将她们带在身边,再也不分离。我们只想大肆地庆祝一番,她们想上哪儿玩都行。就算她们说要去迪斯尼乐园也没关系,我会想办法的。谢天谢地,她们只想去那个"宠物与人"庇护所,和狗狗们玩耍,给他们洗澡,带他们散步,再跑到那间大猫舍里把猫咪们收拾干净。我的姑娘们和普特南医生倒是有几分相似,她们也对动物特别感兴趣,对于公园和逛街并不那么钟情。

当我们到达庇护所时,迎接劳拉的是一份大惊喜——美奇丝。当时一位志愿者正准备带着美奇丝去遛弯,一见到劳拉,美奇丝就拖着志愿者笔直向她冲过来。我不是几个月前已经让机长领养了美奇丝吗?现在竟然在庇护所里见到他,简直难以置信!他跳上跳下,来回踱步,可怜巴巴地叫个不停,还扭来扭去地想要挣脱身上的狗绳。他又找到了他的主人!这一次我们把美奇丝带回家,就再没有把他送走了。这事说起来也好玩,机长要去德国,就把美奇丝送到"宠物与人"庇护所。打那以后的几个月里,美奇丝被先后收养了三次,而三次都被送回了庇护所,因为他实在是被宠坏了,新主人都受不了他。但是我们理解他,我们非常高兴能把他带回来。

转眼到了 2003 年,房东弗兰克给我们发来告知,说我们养美奇丝违反租约。就为此事,他多收了我们三百多美金,还警告我们,要是再违反租约,他就让我们搬走。鲁本带菲

斯回家那天,家里已经有美奇丝和一只猫了,不过弗兰克对菲斯暂时还一无所知。我们想着让美奇丝和菲斯好好相处,成为朋友。经过几个星期的努力,我们最后还是决定放弃了,因为这对美奇丝和菲斯都不管用。菲斯需要同她年纪相当的朋友,教她怎么到外面去上厕所,教她如何站立和跳跃,教她怎样不蹭到地面上玩耍。美奇丝固然完美,却根本没兴趣帮助菲斯学会玩耍。

快到情人节的时候,凯蒂在报纸上看到一则广告说有对夫妇要出售威尔士柯基幼犬,比我们预计的要便宜,而且地方也不远。我们真不应该再养狗了,但反正我们计划春天搬家,那我们就给菲斯找个伴吧。那对夫妇和他们的两只柯基犬就住在郊外。于是我们开车出了城。没想到他们住得非常偏僻,而那天恰好又有雾,我们好不容易才找到那里。当我们到达的时候,一大群叫叫嚷嚷的小狗连滚带爬地跑出大门口迎接我们。唯独一只三色毛的小公狗没有出来相迎,他躲在沙发底下,还想把自己埋进壁纸里,只是还没来得及就被我女儿凯蒂两手一抓,拽到了客厅的小地毯上。这就是伊恩了!她就想要这只小狗了,别的狗坚决不要!伊恩这个名字是她事先就想好的,还是借自一档热门的电视节目。该节目的主角就是一只红白相间的柯基犬,而他的名字就是伊恩,听起来和"赢"字还挺谐音。

伊恩刚开始很害羞,简直害羞极了。他也不想和我们中的任何人打交道,他不高兴我们把他从家人身边带走,也不高兴我们把他从家里带走。他不停地叫唤着,怎么安慰都没用。他就想我们放他走,也许送他回家,回到他温暖的小床上,和他的兄弟姐妹亲热地依偎在一起。我们带着伊恩一进家门,他就跑到客厅的椅子下面,谁叫也不出来。菲斯当然对家里的新成员好奇,她慢慢地爬到椅子下面想要一探究竟。我担心伊恩会生气,咬掉菲斯的鼻子,不许她凑过来看。出乎我意料的是,伊恩停止了哀叫和哭闹,也不再靠着墙瑟瑟发抖了。他想去亲亲菲斯的小黄脸,而菲斯也一样有此念头。

仅仅几分钟之后,伊恩就从椅子下面钻出来了,两只小狗转眼就开始在屋子中间打闹起来。伊恩又吼又叫,嚷个不停,但菲斯的声带因为被压伤过,所以没法回应这些呼叫。其实她也很想吼几声,张开嘴,撑开下巴,冲着伊恩一下又一下,但她嘴里只发出了一点微弱的声音。那声音简

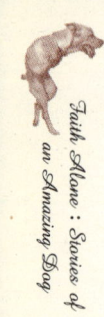

直小得可怜!我记得当时我看着伊恩,心想:"也许你还能教她怎么叫出声来呢。"

伊恩和菲斯从此就形影不离了,成天在一起打闹玩耍。正是这段时间里,我们用了很多方法想让菲斯直起身,像兔子那样跳,这样她才有可能好好活下去。现在我要快进一点点,提前告诉大家2003年3月,也就是伊恩到我们家五个礼拜后发生了什么事。

我们一直在训练菲斯学会跳着走,而她也差不多学会了,已经可以像兔子或松鼠那样脱离地板,直着身子坐起来。虽然跳得还不快,但她能动起来了,从房间这头大步地蹦到那头。每次看到她那样子,大家都被逗得直笑。某一日,也是这样的时候,伊恩走进了房间。那天刚好是2003年3月22日,我儿子十八岁的生日。当时我们都在外面逗狗玩,我刚从日杂店回来,给所有的狗都买了肉骨头,大块又肉多的骨头——但每只狗只有一块。突然,伊恩冷不丁向着菲斯冲过去,把自己的骨头扔在一边,显然想要偷菲斯的那块,这样他就有两块了。他的袭击又迅速又悄然。养犬俱乐部一般都把柯基犬归类为牧羊犬,大多数柯基犬长大之后都成了出色的牧羊犬或牧牛犬,只是伊恩被当成了宠物狗,一直给菲斯做伴。也许是天性使然,也许是春天刚刚来临一礼拜让他感觉良好,反正我们也不知道为什么。菲斯本来好好地坐在那儿,伊恩忽然全速地向她冲了过去,猛然把她撞倒,咬了一口她的腿关节,再从她的嘴里夺走骨头。他一边叼着骨头跑,一边乐得发笑,也没有回头看菲斯有什么反应,可能他真觉得自己完全得逞了。不,完全相反!菲斯,毫不相让,被撞倒之后,竟然直接从地板上跳了起来,双脚着地,一步一步往前迈,然后开始起跑,接着突然加速,一下就追上了伊恩!我从来没亲眼见过跑得这么快的动物,她完全靠着她的脚掌站了起来,居高临下俯视伊恩,简直像头霸王龙!她叼起伊恩毛茸茸的脖子,像扔一只破娃娃一样把他往空中一甩,然后夺回自己的骨头,再回到原来的位置,还俨然一副若无其事的样子!

我们的狗能跑起来了!这简直是奇迹。那一刻我们忽然明白,叫她菲斯真是太对了,菲斯的意思就是信念!我们不再用别的小名叫她了,什么小黄狗啊,狗崽崽啊,笨小黄啊,都不叫了,我们只叫她菲斯。凯蒂开玩笑说应该叫她"恐怖分子"。毫无疑问,伊恩肯定同意这么叫。他开始担

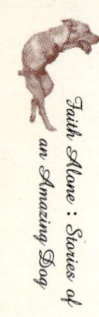

心自己的小命,担心菲斯是不是也对他的骨头感兴趣了。他躲菲斯躲了一阵子,那一整天只敢壮起胆子从院子的另一边偷看她。夜幕降临时分,菲斯和伊恩也和解了。菲斯没有给伊恩分享她的骨头,却分享了她的毯子。她用牙齿把毯子从沙发上拖下来,躺在上面,发出轻轻的叫唤声。我们第一次听到她发出了声音,而这一次就是冲着伊恩去的。伊恩走了过来,两只小狗开始互相舔吻着。他俩又成了好朋友。

又过了一段时间,伊恩得了一种皮肤病,普特南医生说这种病虽然不算罕见,却很不平常,而且很难治愈,治疗费用也很高。我们勉强治疗了一段时间,但我没有全职工作,还要养几个孩子,所以伊恩的药费最后还是难以为继了。我们在俄克拉荷马找到了一个柯基犬救治组织,让他们收养了伊恩。对了,有时候我们也叫他柯格斯。后来我们听说他痊愈了,但是得终生用药,防止背毛脱落。幸运的是,伊恩这个病没有遗传给他的后代。现在他生活在一家农场里,据说还有了很多三色的以及褐白相间的柯基犬宝宝。我想他们一定很漂亮!

第五章　下吧！下吧！下雪吧！

菲斯有一张经典照片,是她6周大时在雪中拍的,但如果你留心观察便会发现,当时菲斯周围的雪是平平整整的,没有受到一点破坏,你看不到任何的脚印和爪痕。你之所以能看到这样的情景,是因为那天我们决心强迫她独立地站起来,于是我们来到后院将她直接放进雪堆里(到现在,大家仍为此有些负罪感)。当然,我们随身带着照相机,因为我们有一种预感——我们倾注了近一个月爱心的倔狗狗,定会做出一件值得拍照纪念的事情。而事实证明,我们的预感是对的。起初她只是坐在那抬头盯着我们看,大概在纳闷为什么我们要将她放在这片寒冷潮湿的雪地里。她无法坚持20或30秒的时间,就在坚持不下去的时候,她用后腿的肌肉把身子猛地向上一撑,就完完全全地站立了起来。"咔"的一声,我们拍下了这张照片。

你还会注意到,在这张照片里,她的左臂看上去好像是和身体脱节了似的,只是远远地悬在肩膀的后上方。随着

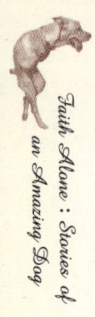

时间的推移,她的左臂总算是"掉"了下来,挪到了肩膀旁边的位置,虽然看上去还是不对劲,但总算是回到身体前面来了。另外,我们发现,这只小胳膊当时还被菲斯派上了用场,在拐弯的时候,她先把这只胳膊伸出来探探路或者平衡下身子。就在那天傍晚,菲斯在雪地里自己站了起来。她想要我们把她抱起来,弄干她的湿屁股,可我们就是不理她。当时,我们实在想忍住不笑的,却又忍不住大笑了起来。我们决定狠狠心,硬撑着不管她,哪怕她有多么不容易。我想这场雪一定是为她下的,她在雪地里一直待到现在,还露出了一副完全心满意足的神情。我们继续不理她,只顾着逗美奇丝玩(那个时候我们还没有伊恩),而且还特意让她看到我们和美奇丝玩得很开心。大家跑来跑去的,还扔雪球,堆雪人,唯独没有菲斯。

她也想玩,也想开心,也想加入我们,可就是不知道怎么办。她肯定在心里作过一番挣扎,一定在对自己说:"他们在那里,而我在这里。"这时,奇迹发生了!菲斯决定自己甩开大步向前跳。虽然仅仅只是一步,却征服了我们所有人。就在菲斯完成动作的那一刹那,大家都朝着小家伙跑了过去,丢下可怜的美奇丝独自嬉戏。我女儿一把拉起菲斯抱在怀里,所有的人都为她感到惊喜不已。我们赏给她小熊软糖,我们拥抱她,亲吻她,夸她了不起,接着就陪她在雪地里玩起来。美奇丝转身回到了屋里,样子很难过,我也跟了进去,亲昵地陪着他。至于菲斯,就让孩子们去陪她玩吧。狗狗们总是或多或少地要忍受人性的无常,只是相比之下,美奇丝所遭受的远比一般的狗狗要多得多。而今天这样备受冷落的情形,也只是他无数次经历中的一次而已。他为菲斯作出了牺牲,因为他明显地意识到自己生来就有四条正常的腿,所以需要帮助的是菲斯而不是他。这天,美奇丝一如往常,又被大家遗忘了,甚至他的两个小主人也时不时地忽视他,但是我一定要让他记住,我是爱他的。他是属于我的!我之所以把这本书题献给美奇丝,就是因为他对菲斯的善意与宽容。我对他说:"美奇丝,无论在哪方面,你都是最棒的!"

2003年的冬天,又下了好几场大雪,深深的积雪就像白色泡沫一般松软,让我们可以一次又一次地把菲斯放在上面。我们还用滑板拖着她到处跑,让她领会一下在雪上奔跑的感觉。我们又把她放到推车里,但她总是往外跳,我们担心她会伤到自己,就扔掉推车,把她又放回到滑板上。因为她有一半松狮犬的血统,喜欢拽着东西不放,我们就利用

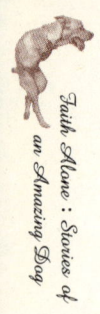

她的这个性格弱点,用一只袜子训练她。果然,她咬住袜子的一端,坚决不肯松开,这样我们正好可以扯着她的下巴,把她拉起来在雪地里拖着走,直到最后她开始自觉地在雪地里一蹦一蹦地紧跟着我们。我们当然也不能太狠心!我们不会真的走得很快,更不会抓住她的脖子把她拎起来。不过她的下颌非常有力,这一点很像比特犬——在中国狗的品种中,松狮犬大概就相当于美国的比特犬,都有很强的咬合力。就算是现在,如果让菲斯咬住一只袜子,我仍然可以抓住袜子,把她从地板上直接拎起来,根本不用担心她会松开口掉下来。她天生就有这种决不善罢甘休的性格。我在十几岁的时候就养过一只狗,芳名克丽茜,也是具有一半的松狮犬的血统。那时候我就学会了怎么样让她咬着我的胳膊,跟我闹着玩。但是,也有出事的时候。啊呀!我的手上至今还有一个疤呢!有一次克丽茜想从我手上抢回她的玩具,狠狠地咬了我一口,尖利的牙齿深深地扎进我的手里,从此我的手上就多了一个凹痕。为了这事,我和克丽茜都非常难过。

菲斯特别喜欢下雪,每当下雪的时候,她总会跑到雪地里,用脸和胸贴在雪上滑行,表现得就像一个雪天使。2004年的冬天,我们在纽约参加了莫瑞节目的录制,在那期间,我们应他们的要求做了一段家庭视频。工作人员把我们带到新泽西一座漂亮的房子里——我真想拥有那样的房子。可是想归想,能不能买那是另一回事。房子固然好,就是太贵了,我们买不起啊。大家都很喜欢这里,菲斯在前院的雪地上自由畅快地滑来滑去。摄像师捕捉了许多有趣的画面,还拍了一段她抓住雪球往嘴里塞的场景。她在吃撒了尿的雪! 我们必须阻止她,而且也不能让摄影师拍到她在雪地里撒尿的样子,把洁白的雪弄得黄兮兮的。可是菲斯朝着我们发疯地叫起来! 不管是什么事,只要是她想做的,她就不允许任何人阻止她。而她最喜欢做的事情之一就是——玩雪。既然我的狗狗玩得这么开心,那我就请求上帝:"下吧! 下吧! 下雪吧!"

第六章　前进吧！

鲁本把菲斯带回家的时候,我正在俄克拉荷马城市社区学院兼职。他带她进门的那天是 2003 年 1 月 21 日,当时全国大部分大学春季学期刚刚开始。在这个学期之前我曾经在三个大学工作过,每次都因为学校要削减预算就把我解聘了。我当时正在考虑参加中学教师的资格考试,成为初中或者高中老师。我需要工作。我也知道我想要被正式聘用的话,也得等到这个学期完全结束之后,因为学校一般是不会在学年中期聘用老师的,除非出现意外空缺。

事实是,既然我不用全职上班,那也就意味着我可以花更多的时间训练菲斯学会直立行走和跳跃,如此一来,她就可以不断进步了。我们真的受不了她在地上蹭着爬的样子,这很可能伤到她自己。再说这也不符合她的个性啊!她可不像是那种能够容忍自己被人看到只能趴在地上,没法站起来面对世界的生灵!她是一个斗士!我们知道的!

我在我家附近找了一份兼职——给律师行做打字员,而这份工作在家就能做。另外,俄克拉荷马城市社区学院还分配我上两个班的课。为了让菲斯能用两条腿走路,我本来还期待这个学院能够帮上点忙,但是事与愿违,这个学院的师生们本就不想在菲斯的成长过程中给予积极的帮助。

当时,我工作的部门是学院的人文艺术系,该系的主要课程有英语、陶艺、音乐、哲学,当然还有艺术类课程,例如素描、油画和电脑设计。我教的是英语,授课时间是从下午五点半到晚上十点半,一周一次。这样我白天就有充足的时间给律师们打字了,也有空到处求人帮忙设计一种装置,辅助我的小狗脱离地面站起来。

小菲斯四五周大的时候,被我带去学校,一下子就成了保安室里的大话题,因为她一到学校保安室就在他们的地板上留下一小堆棕色的"厚礼"。保安室里所有的职员都只是窃笑,却没有人跳出来赶快打扫一下。我记得我还问过他们,是不是打算把这堆东西框起来留作纪念,因为这可是保安室里见过的唯一一只两条腿的小狗。最后,大家还是决定扔了这份"厚礼"。保安室里的每一个人对菲斯又是搂

又是抱,还把她登记成校方正式访客——因为她可是要专门造访机械工程系的学生,看看他们能不能为她做点什么。

遗憾的是,实际负责设计推车和工具的教授这个学期将要外出很长一段时间。学生的课程安排已经确定好了,工作任务也已经不能改变了。该系一位管教学的女老师建议我下个学期赶在课程安排好之前再来,没准那时候还能做点什么。估计她当时都没意识到自己在说什么。我看着她,猛看了她好一阵子,简直要笑出声来,虽然这实在不是件好笑的事。我告诉她说:"菲斯现在已经五周大,到秋天她就八个多月了。那时候她都能走了,我们就不需要用推车来训练她了。"他们真是什么也帮不上……又或许他们根本就不愿意帮忙。

学院里有那么一两个学生,也是我教的学生,向我建议说他们可以自己独立设计方案帮助菲斯,而实际上他们什么也没做。其中的原因我不得而知。后来,我在谷歌上输入关键词"残疾狗",搜索到了两个网站:www.wheelchairs-fordogs.com 和 www.dogswithdisabilities.com。我给他们打了几通电话,发了几封邮件,跟两个网站的站长或管理员精疲力竭地解释了很久,还是一无所获。很明显,对于两条前腿都没有的狗狗,他们完全没有相关方面的工作准备。我真的只能指望我自己了!最起码我还有两个乐于创新和探索的孩子,他们一定会帮我的。

也许菲斯自己并未意识到,我们当时对她的所作所为其实是对她进行康复训练。我们教她做的那些事情真是有些匪夷所思,但是只要好好训练还是能做得到的。我们得教她如何使用特殊的肌肉群支撑自己,正常的狗是不会用这些肌肉的,或者得让她学会控制这些肌肉以助站立和坐直。我的另一只狗美奇丝有一部分德国达克斯犬血统,所以偶尔也会挺直了坐起来讨食,就像你见过的大多数达克斯犬那样——四平八稳地端坐着。他会保持这个样子坐上几秒钟,然后俯下身子,又换回平常的行走姿势。如果我们能让菲斯也这么直坐起来,并且保持这个坐姿,那么她至少就能脱离地面了。这是我们要实现的第一个目标,而另一个目标就是让她学会向前运动,也就是像兔子那样向前跳。青蛙当然也会跳,但是他们是靠身体带动后腿起跳。而兔子则是凭借长长的腿部肌肉,用脚直接把身体向前推。尽管菲斯的腿看上去没有兔子的腿那么长,但我们必须得试

一试。

我们了解菲斯对什么感兴趣,于是就利用这一点。我们一边拿着一勺花生酱,一边让她咬着袜子,牵着她在屋子里转来转去。她不能把头低下去,否则就别想吃到一丁点花生酱。在客厅里转了几圈之后,菲斯明白了她必须仰起头来,花生酱是高高地悬在空中,而不是在地面附近。如果她想尝一点那黏黏的、浓浓的美味花生酱,就得向上看。只要她开始向上看,还试着不靠下巴向前挪,我们就给她一点奖励。我们在用袜子拽着她走的时候,如果她用后腿站起来,还跟着蹦跳几下,我们不但给她花生酱,还把一个小熊软糖赏给她。对于这样的治疗方法菲斯还是乐意接受的,至于她能坚持多久,我们心里也没底。总之我们就这样训练了她好多个礼拜。

一天劳拉舀了一勺花生酱放在纸碟子里,然后搁在我的床头,没关门就走了,好奇的小菲斯当然溜了进来。我从日杂店回来的时候,刚好撞见她在卧室里。她呜呜地哀鸣着,嘴里还发出咕噜咕噜的响声,但绝对不是那种响亮的狗吠声。她看不到花生酱,可是她的鼻子却一刻不停地忙碌着。她的鼻头先是动来动去的,接着颤动起来,还越来越快。我把两个枕头叠起来放在地板上,把她垫高,好让她再靠近一点。是啊,这真是一种折磨!我明白,但我们得让她为自己做点什么。

而那天晚上,她真的做了件让大家都大为惊喜的事情。她竟然想法子邀请到伊恩一同爬到枕头上,再把他当成"狗梯",爬到他的头顶,这样刚好达到床铺的高度,然后用牙齿把自己拖到被子上。她终于发现了她的战利品!不要以为菲斯会和她的玩伴分享这份战利品,她可是舔都没让伊恩舔一下。而伊恩却害羞地待在下面,觉得自己个头这么大实在不好意思自己跳上床去。是的,床头上唯有菲斯!她站在世界之巅——舔着勺子!她赢了!我们总是说菲斯比一般的狗要聪明一点,事实证明果然如此。(当然,我们还必须奖励我们的小伊恩,除了让我们比以往更加爱他之外,他还为自己赢得了满满一勺花生酱。)

为了获得床头那一勺花生酱,菲斯显示出了坚定的决心,真可谓了不起!不只是我们人类有所谓坚持不懈的品质,狗狗们也有他们的顽强"犬志"。而菲斯不止一次地向我展示她的顽强"犬志",这一点就足以证明她毫不比她的同类

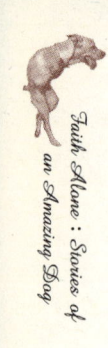

逊色！2003年的一个春天，我和她在桃乐丝公园里散步——那时候她还不过四个月大，当时鲁本正在街对面的普特南市立高中参加体育比赛，我们在公园里等着他结束赛事。

我们刚刚走到游乐场边上，就有一只松鼠忽然从"大玩具"上的桶子里跑了出来。他看了菲斯一眼，愣了一下，很可能是在疑惑怎么会有两条腿的小狗。这时候的菲斯已经学会直立行走了，松鼠对此更是糊涂了。菲斯也忽然向松鼠蹦过去，追了他100码远。她一直追过小树林，绕过大树，跳过一条垂下来的电线，直到最后松鼠才找到甩开她的最佳办法——爬树，于是一下子就跳上去了。要是菲斯可以爬树的话，她一定会飞似的窜到树上去，逮住那毛茸茸的家伙。她在底下使劲地向上跳了好几次，就想够着那家伙，可惜，人家已经逃了！我跟在菲斯后面拼命地跑，好不容易才抓到她。请相信我，只要有孩子们围观菲斯，我都会乐于向他们介绍我的狗狗——菲斯可是一只非比寻常的狗狗啊！我气喘吁吁地拉住她，套上狗链子，然后回到车里，穿过大街去接我儿子。我为菲斯感到骄傲。我跟菲斯说，她和我遇到过的所有狗狗一样，或者说和被我追过的狗狗一样，都再正常不过了——见到松鼠就想追！

第七章　KFOR 电视台第四频道

现在,菲斯已经是家喻户晓了,谁都知道这只两条腿的小狗。她的形象甚至还被注册成了商标。这一切发生得不算太突然,但菲斯的走红的确是一夜之间的事情。2003年6月一个阳光明媚的下午,我们在屋后院子里和狗狗们逗乐。孩子们跑来跑去,跟伊恩和菲斯玩着抓球游戏,而我在一边思考着最近发生的一些世界大事。伊拉克战事不断,世界燃油短缺,美国一些地方正遭受酷热干旱天气,急需降雨维持小麦生长,另外,包括俄克拉荷马在内的一些州还发生了山火。新闻里满是烦人的坏消息,几乎就没有一点让人高兴的好事情。我知道,对于这些我也帮不上什么,但是我又想,也许我可以打个电话给当地电视台,看看他们是不是有兴趣报道一个让人心情愉快一点的故事,讲一讲我们的小狗是如何靠两只后腿站起来的,又是如何学会平衡和行走的。其实菲斯这时候已经是能跑,能跳,能蹦了,只要她想,

她还能跳舞呢。而我这么做也只是想让菲斯的故事给俄克拉荷马市和周边一些社区的人们带来点快乐。

琳达·卡瓦诺弗,是俄克拉荷马市 KFOR 电视台第四频道漂亮的女主播。我打电话给电视台,就想请她给菲斯做个小节目。起初,她的制片人有些犹豫,说他们无法确信这一定会是他们所感兴趣的题材,但是他们了解琳达,他们觉得琳达会很乐意报道一下这只小狗——一只克服困难学会直立行走的小狗。当时 KFOR 电视台里谁也没有意识到,摄像记者丹·亚历山大将要拍到的内容会是多么的不同寻常。一到我们家,丹就开始卸下他的摄像机和三脚架。他的行头不算多,也没带任何灯光设备。我们准备在外面拍摄,也许就是绕着附近跑一圈。我在电话里跟制片人解释过菲斯是一只直立行走的小狗。但是不知道什么原因,对方对此并没有完全理解。他告诉丹说,这只狗能够靠后腿走一小会儿,也许能走那么几英尺远,总之是只快乐的小狗。让丹大吃一惊的是,朝他跑过来的菲斯竟是一只 37 英寸(94 厘米)高,只有两条腿的狗,两只脚一步一步交替着向前走到他的车前。丹几乎当场晕倒!

丹连忙用手机给台里打电话,他一只手抓着摄像机和三脚架,一只手拨着号码。他对电话里的人解释说,这只狗是靠它的(她的)双脚直立行走——就像人一样!这是第一次有人用这样的字眼来形容她——就像人一样!对啊,菲斯就是这么走路的。虽然菲斯可以时不时地连续敏捷地蹦跳蹿跃,而当她走路的时候,看上去就有点罗圈腿,不太利索。这完全可以理解,因为她的腿部结构就是这样。但是,她真的就是像你我那样走路的!丹开始指挥起来,让我们在院子里穿来穿去,还不停地问:她能爬梯子吗?她能跳过路缘石吗?她能围着附近跑一跑吗?他跟着菲斯不停地拍摄,还用吊杆麦克风追着我们采访。我记得我只回答了一两个问题,而大部分问题都是劳拉代劳的——菲斯到底是劳拉的狗。在采访中,劳拉说到,菲斯能够行走,要感谢上帝的功德——大部分的新闻电视台一般都不会公开播放这样的内容,所以当电视里传来劳拉的采访原音:"我们要感谢上帝!感谢他赐给菲斯如此的能力,给我们每一个人都带来了惊喜。"全家人都感到无比地骄傲,不仅以菲斯为荣,也为我们的劳拉能够有这样的见解而感到自豪。当然,KFOR电视台能够播放出这段内容,我们对此也十分感激和骄傲。

2003年6月23日夜,琳达·卡瓦诺弗噙着泪水讲述了菲斯的故事,她将这只与众不同的小狗介绍给了整个俄克拉荷马州的人们。在节目中,琳达说了这样一句话:"有时候,有些故事就是能让你惊异得连连挠头。"接着,琳达一边播放录像,一边解说菲斯也和任何其他狗狗一样喜欢追着小猫们满屋子跑。当天晚上在节目播完之后,我接到一个电话。首先是告诉我,已经有无数通电话铺天盖地般打到电视台编辑部询问菲斯的情况。然后说,琳达想要让美联社报道此事,如果能行的话,菲斯的故事将会走向全世界。我回答说,行!再后来,我就不停地接电话,一直接到凌晨,不仅有新闻电台的,杂志的,电视台的电话,还有一些对菲斯感到好奇的人们也打来电话。第二天从清晨4点到上午11点,我继续忙着接电话,打来电话的不仅有国内媒体,还有国外的记者们。微软全国广播公司电视频道(MSNBC)主持人基思·欧伯曼在《欧伯曼倒数》节目中,还把菲斯列为当天的头条热门新闻。对此,我都不觉得惊讶了。哇!而这一切都只是因为菲斯做了一件所有其他狗狗都做的事情——走!

第八章　信不信由你

几天之后,劳拉和我决定亲自到 KFOR 电视台去一趟,把菲斯正式介绍给台里的其他员工。而当天在台里的时候,有电话打进来找我们。虽然让人难以置信,但绝对千真万确,还让人觉得好笑——打来电话的竟然是《雷普利信不信由你①》节目。我还没去电视台的时候,"雷普利"就已经打电话到他们台里了——这种事谁信啊? 但事情就是这样。肯定是因为琳达·卡瓦诺弗让美联社报道了那期节目,所以他们就闻讯打电话来了,之后等我们到达台里参观,就直接找到我了。他们果然是通过美联社的报道知道了菲斯,说是也想给她拍一个片子。接下来的星期六,"雷

---

①雷普利(Robert Le Roy Ripley,1890—1949):美国的漫画家,创建了世界著名的《雷普利信不信由你》系列报道,通过报纸、电台和电视专门报道世界各地的奇闻轶事。他还创立了"雷普利信不信由你"博物馆,展出各种稀奇古怪的物品,该博物馆现已在世界各地设立了几十个展馆。

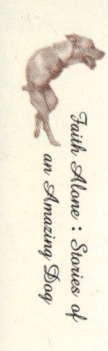

普利"派来了一位叫珍妮的女士。她带着整个摄制组从达拉斯赶过来,阵容庞大地出现在我家门口。他们此番的任务就是在各个场景中拍摄菲斯,好让全世界全面了解菲斯到底是怎样的一只奇犬!

拍摄的过程真是有些疯狂!他们本来想用纪实的手法拍一拍菲斯最平常的一天,但是如果那样的话,他们就得到床底下拍一整天了,因为菲斯大部分时间其实都待在那下面。他们当然不想这样!他们想要菲斯去棒球场、水鸟池和酒店等地方进行拍摄,想要她在市中心的繁华大街上看来来往往的人们,然后结交些朋友,而这对全人类就是一个巨大的鼓舞!OK——但是她从来没干过这些事情,至少在他们拍片之前她没干过。那么今天恐怕要有所不同了。我们真的带上了菲斯去郊游,还去了几个商店、医院和军事基地。菲斯还应邀给人们做了几场表演。2003年7月上旬正是菲斯特别喜欢整天待在床底下的时候,她脑子里想的就是啃一啃那只旧袜子。不过,对于雷普利这档节目,这可不会是一个好情节(信不信由你啦)。

珍妮和她的同事们在我们家布置了一个早餐场景——

在匆忙的星期六早晨,整个一大家子坐下来共进早餐。我们中有多少人是真的吃了那顿早餐呢?其实我们并没有吃,只是假装共进早餐而已。不过,这也挺好玩的!那天按计划我们要先拍些外景,没想到拖拖拉拉拍了很久。鲁本和凯蒂等不及,就决定提前开吃了,他们倒是真的吃了些东西。(我们还让一个朋友参加了拍摄,看上去就像我们还邀请了朋友来吃早餐。)当劳拉和我上桌的时候,真正能吃的东西都没了!菲斯看上去也胖了一圈,我猜肯定是鲁本和凯蒂把他们的战利品分了一些给她,可能还给了美奇丝和伊恩。

珍妮打发她的一班人马到我们当地的面包店买来了一些面包,这样我们至少看上去像是在共享一顿丰盛的早餐。接着,珍妮安排我的父母上场了——在这个紧张忙碌的星期六早晨,当我们围在桌前用餐时,他俩从大门口走进来。哇,两老穿戴整齐,妈妈化了妆,爸爸一脸眉开眼笑的样子。唉,问题是我爸体型太瘦,不符合这档节目的观众口味。珍妮要求她的手下剪掉我爸的镜头,因为她可不想观众们发邮件或者打电话来问进门那个骨瘦如柴的老头是谁。珍妮当时没告诉我这个,直到后来我从一个摄像师的口中才得

知此事。记得在节目播出之前,我跟我爸说如果他想成为轰动好莱坞的大明星,就得长胖点。他听了只是大笑。

应该说"雷普利"精心安排了每一个场景。虽然那天拍摄的所有镜头都是临时演的,不算自然,但效果还不错。我们到公园里看球赛,几十个孩子对菲斯又摸又拍。我们走上闹市街头,无数人因为第一次见到菲斯而激动不已。市里沿着运河新修了人行道,人们就在路边的酒店和商店里冲出冲进,只为目睹一只两条腿的狗狗像人一样直立行走。终于,那天要结束的时候,镜头里出现了最自然的一幕。一个男孩和他的妈妈走上码头,一切初看上去很自然。可他是个盲童,他的妈妈挽着他的胳膊牵着他往前走。他听到了周围喧闹的嘈杂声,猜想前面一定发生了什么。当时,我没有多想就领着菲斯走到这对母子面前,问那位女士是否同意让她儿子摸摸菲斯。这时男孩的家人们都围了上来,原来他的兄弟姐妹刚才就走在母子俩的前面。大家围在男孩身边,开心地用西班牙语向他介绍菲斯,还跟他说这是在拍节目。我还想法告诉了他们节目的名字,《雷普利信不信由你》。现在想来,珍妮肯定用他们的语言向这一家子解释过,她需要他们签署一份同意播出的协议。那男孩高兴极了,而我却流泪了,我相信这才是菲斯真正擅长的事情。她在更多的意义上是一只识通人性的小狗,而不是我们炫耀的资本。

雷普利节目在十月份播放了菲斯这段录像,数百万的人看到一只仅有两条腿的小黄狗一路走过邻里、穿过公园,走上闹市街头,最后走向一个小盲童灿烂的笑容。主持人详细地解说了菲斯是如何学会直立行走,如何接受训练的,还有她的家人是何等地爱着她,即使在那个星期六的早上,她的家人都没有坐下来享用那一桌子的鸡蛋、熏肉、面包、果汁、牛奶和咖啡……他们还是一样深爱着她!节目被重放了很多次,甚至三年之后,我还听人说,他们最近又在一次重播中看到了她。菲斯的故事还被收录进《雷普利信不信由你》出版的同名书中。关于她的内容不是很长,只是很小的一段。如果你问我觉得怎么样,我会告诉你,能够被提及就是一种莫大的荣耀!

第九章　纷涌而至的拍摄日子

自从"雷普利"来给菲斯拍过片子之后,还有几档节目也想来拍她。而且在《雷普利信不信由你》播出他们的片子之前,已经有一些摄制组过来拍过了。只是我们已经和"雷普利"签了协议,对于菲斯的故事,"雷普利"享有全球范围内的优先报道权。在 KFOR 电视台报道了菲斯之后,马上就有一家赫赫有名的报纸打来电话,当然它到底是赫赫有名还是臭名昭著,就在于你自己怎么看了,它大名就是——《国民问讯者》①。他们也想给菲斯写个小报道,我对此还是考虑了一下。我可不想在逛杂食店的时候,看见"蝙蝠男

---

①《国民问讯者》(*National Enquirer*):美国的一份超市小报,创刊于1926 年,发行商为美国媒体公司(American Media Inc),专门报道八卦新闻和奇闻轶事。

孩"①对着我的狗狗尖叫,更不想看到报纸的头条新闻说菲斯来自另一个星球。

　　让我高兴又惊讶的是,《国民问讯者》、《星报》、《环球报》所有这些八卦报纸竟然也报道真实事件,因为菲斯的故事至少在三份同类刊物中被报道过,其中就包括《国民问讯者》,而且它还是同行业中最先对菲斯进行报道的。该报记者在电话里采访我的时候说,他通过美联社的报道知道了菲斯的故事,也想要全面地了解菲斯。他最感兴趣的是我们是如何训练菲斯直立行走的,我们又是用了什么法宝激励她坚持训练。我告诉他,就是花生酱和小熊软糖。他听了哈哈大笑起来,还说他自己也喜欢把小熊软糖放到花生酱三明治上一块儿吃,所以他完全理解!这个主意不错啊!那天上午我马上就去商店买了一袋子小熊软糖,做午饭的时候在所有的三明治上都放了这种软糖。即使现在,我每次做三明治的时候,都还要把那些瞪着眼睛看着我的小熊

---

　　①蝙蝠男孩(Batboy):是《国民问讯者》的姊妹刊《世界新闻周刊》虚构的一个半蝙蝠半人的男孩。该刊内容荒诞不经,杜撰新闻,却自称为"世上唯一可信的报纸",已于2007年停刊。

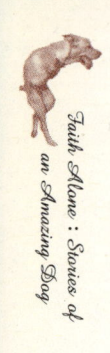

们挤进面包和花生酱里。如果花生酱三明治没有那些光鲜亮丽、软软弹弹的小熊,简直难以想象!哪天只要我在厨房里做这种花生酱加小熊软糖的三明治,菲斯过来转悠的时候撞见了,她就会乐得以为自己上了天堂。当然,她也总是第一个享用的。

塔尔萨市的俄克拉荷马公共电视台也不甘落后,他们也想自己做个关于菲斯的报道。他们的拍摄在"雷普利"播出节目之前就已经完成了,只是同样因为我们和"雷普利"的合约,所以我只得请他们等上一两天再播出他们的片子。他们拍摄的内容也是菲斯生活中的一天,手法和"雷普利"的也有些雷同,但是我觉得他们的拍摄的确更加有趣也更好玩。他们在节目里播放了菲斯小时候的照片,那些原本静止的图片好像动了起来。他们制作了雪花飘飘的效果,还用上了各种其他的招数。都挺酷的!这次做节目的是电视台的《塔尔萨时代》栏目,在拍摄过程中,菲斯表现得挺搞笑的,不过我几乎还没跟任何人提过。制片人罗伊·艾尔斯到我家发现菲斯不仅能走还能接住别人扔过来的东西,他对此赞叹不已。他决定跟菲斯玩一玩,就把一个球扔了过去,再让菲斯帮忙捡起来给他。很显然,肯定没人跟艾尔斯先生讲过,菲斯可不是那种为你效劳捡东西的狗狗。而且,她还有些耍大牌呢!罗伊把球扔了过来,径直飞向菲斯的头顶,而菲斯只是看着,用目光追随着球落地——她就是如此为罗伊效劳的。然后她微微地歪着头看着罗伊,似乎在要求对方自己把球捡起来,再使出能耐多抛几个球过来玩。

  菲斯总是有那么一点点的喜剧感。我们也不清楚,菲斯到底是故意如此还是被宠坏了而弄不清眼前的状况,所以不知道当有东西扔过来的时候一般狗狗会怎么做。对于菲斯而言,向空中抛球只是一场让她欣赏的表演——就像看蝴蝶在空中飞舞。如果有棍子被飞快地掷过球场,在她看来,那只是一个人把它扔出去再自己捡回来,在她面前跑来跑去而已。要是有人想要扔棍子逗她玩,她也会跟着激动,但不是因为她想弄到那根棍子,她只是想要跟着那个甩棍子的人跑前跑后罢了。我们早就了解她这点,只是一般不跟人说,因为说实话,我们也乐得在这个时候看着他们面面相觑的表情,任凭菲斯直勾勾地望着他们,捉弄他们这样来来回回地玩上一次又一次。

小狗菲斯

第九章 纷涌而至的拍摄日子

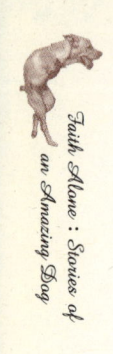

相对而言,《塔尔萨时代》播出的内容更为充实,也少些娱乐性。我们更喜欢用这种方式来讲述菲斯与众不同的经历,就鼓励其他的一些电视台也采用这样的风格。继我们州数个 PBS① 电视台之后,几家国际媒体的摄制组也纷至沓来。确切地说,有新西兰的、德国的、韩国的和英国的,他们漂洋过海就为了给他们国家的观众拍个片子,讲述一只不平凡的狗的平常生活。我努力地想说服各个电视台拍一拍菲斯真正的生活,他们只需要把摄像机对准床底下——我保证已经打扫干净了——就能拍到史上最不同寻常的狗狗真实的生活故事。但是,任凭我怎么苦口婆心地劝说,一切都是徒劳,没人理睬我。每一个摄制组都只想拍别人没有拍过的东西。好吧,我们就出发去看比赛吧——赛马。那一行德国人跑前跑后地摆设机器,拍摄马匹在赛场上奔跑的画面,还要让台上的菲斯恰好也出现在镜头里,一切看起来就像是自然而然发生的。看他们这么拍,我们觉得很

---

① PBS(Public Broadcasting Service):美国公共电视网,也称公共广播协会或美国公共电视台,是美国一个非营利性公共电视机构,由 354 个加盟电视台组成,成立于 1969 年。

好笑,这也太假了,完全不自然。但是他们跟我说,德国的观众会喜欢这个。我们还带他们去公园看菲斯把鸭鹅赶到水里。这也是菲斯第一次被拍到在水里游泳,但是效果不好,所以我想这一段片子肯定被他们剪了。那些镜头好像是我们要让狗狗淹死似的。当然她肯定没淹死,但是多少看起来有点像。菲斯把头完全潜入水底,像小人鱼那样摆动着身躯向前游。那泳姿让人不得不疑惑,她到底是在开心享受还是在挣扎求生。看到这家伙还不时地舔舔她那长着斑点的舌头,我们也只好由她一股劲地扑腾去了。

接下来我们又和瑞士摄制组去了狗狗公园①,他们更好奇地想知道菲斯的同类对她的反应和看法。他们还想带她去学校拍一拍,但这时学校都放假了,因为他们来的时候正是 2004 年的 6 月。于是,只好找一所假期圣经学校。不过,有趣的是我自己的教堂却拒绝让我们拍摄。他们的拒绝让我心碎,因为我以前常常带着菲斯去教堂做义工,还几乎一周一次地去那里的主日学校上课。带着摄像机去拜访教堂

---

①狗狗公园(Dog Park):专门给狗设计的公园,对狗狗们和它们的主人开放,在园内狗狗可以不用牵绳自由活动。

却被拒绝了,固然让人难过,但是不管怎么说还是可以理解的,毕竟对方是出于法律方面的考虑。我们又在市中心找到了一个教堂,他们觉得完全没问题,让我们随意地拍摄菲斯和孩子们在一起的场景。我们一起跳舞;一块玩气球,把它们捏挤成各式各样的形状;还举行了比赛,看谁跑得过菲斯。这段片子,直到今天,我都没有看到过,但是我希望瑞士的观众们看过之后能真心喜欢这些内容。

韩国人的拍摄更是荒诞滑稽!首先,他们在当地一所大学雇了一位女孩当翻译,因为我除了英语以外,其他语言都不会讲,他们整个摄制组包括导演和组员又都是土生土长的韩国人,又都不怎么讲英语。虽然他们其实听得懂我说什么,但是不能即时回复我,告诉我他们到底想要什么。这次我们驱车去了俄克拉荷马近郊的一个农场进行拍摄,同样只是因为其他摄制组没在这里拍摄过。当时劳拉已经有了一匹马,叫格雷西,就养在当地的农场,我们就开车去了那家农场。农场隔壁家的三个金发碧眼的孩子赛思、夏伊洛和莉莉非常热情地接待了我们。坦率地讲,莉莉也许是整个世间最美丽的小人儿。就在你看到她的那一瞬间,你就会回忆起乔恩贝尼①那无比灿烂的笑容。那一头浅金色的秀发,在她身后飘扬飞舞着。我们当年在农场拍摄时,她大概有四岁的光景。她径直走上来,跟摄影师说了声,"哈罗!"我知道摄影师肯定被她的美丽惊呆了,因为他立刻就把镜头对准了她,不论她是在树林、灌木丛还是在草垛边嬉戏,甚至当她走上小桥,穿过池塘,最后走到远离农场的小径上,他的镜头都没离开过她。

农场的动物们表现得也很投入。马儿们看见菲斯朝他们走过来,都在围栏后面跳上跳下的,只想好好瞧个究竟。夏伊洛还跑去把他养的宠物——孔雀——给带了过来。雄孔雀看见菲斯立即展开了华丽的尾屏,还不断拍打着那些绚丽的羽毛,使劲地想赶开菲斯,因为他觉得菲斯靠他的母孔雀太近了点。搞笑的还在后面,这队韩国人发现了最奇怪有趣的东西,而且觉得很具有拍摄价值——牛粪。他们不仅拍牛粪,而且还把他们中一个人踩进牛粪里的过程也

---

①乔恩贝尼(Jon Benet Ramsey):特别美丽的美国小女孩,1996年成为了美国家喻户晓的选美小皇后并于同年不幸被害,死时年仅六岁。

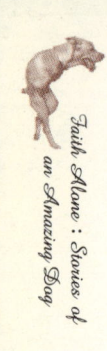

拍了下来。农场上的确有不少可看的——我们决定再给他们看点什么,让他们终生难忘。

事先说明,我希望大家不要误会,以为我们特别眷恋这片郊外乡村,或者以为我们对孩子们身上的古怪行为见怪不怪,觉得稀松平常。我们真不是这么想的,只不过是劳拉、赛思和夏伊洛看见摄制组的人在拍牛粪,他们实在忍不住了,也开始捡起马粪,互相打闹起来。他们一边叫着喊着,拿着那些脏兮兮的东西,你扔我,我扔你,打来打去。对,菲斯也被击中了。但是,她摆出一副头号女主角的姿态,立刻退得远远的,撤到了货车下面。摄像师都不知道该怎么拍了,只是一个劲地哈哈大笑。他还跟翻译说,让孩子们慢一点,他好找个合适的角度来拍摄。孩子们当然没问题,他们真的做起了特效慢动作。他们真是夸张,简直"得寸进丈"——让他们慢一点,他们就慢得跟蜗牛爬似的,还拿着粪便当炮弹,假装在激烈战斗,就连牺牲也演得惟妙惟肖……他们兴奋地闹个没完,还点了好多烟花爆竹。至于菲斯嘛,她还是待在货车的驾驶室底下,而且爬得更靠里面些了,完完全全将自己置身于粪便大战之外。莉莉则坐在栅栏上,看着她的兄弟们咯咯直笑,心里却希望劳拉能够打赢这场仗。

终于大家决定停下来吃午饭,不过整个摄制组的人都有点担心,怕餐馆不会让他们进去,因为他们的鞋子上满是泥巴和"其他自然界的产物"。于是,大家迅速地把自己打扫了一番,劳拉还把里里外外的衣服全都换了。在和农场的朋友们告别之后,我们这一大队人马就直奔孤星大饭店。就在这家店里,我们的韩国客人们尝到了他们有生以来的第一次美式烧烤。菲斯,当然也被允许进入酒店!她穿着鲜亮的橙色马甲——大多数场合她都这么穿。真希望摄像机把当时的场景拍下来,可惜大家当时都没有意识到要拍一拍我们的饭局,要不然韩国的观众们就很可能会在电视里目睹咱家小狗偷骨头的全过程——她以迅雷不及掩耳之势,掠过餐桌,一下子就从一个制片人那里,偷到了一大块烤排骨。唉,出名就是好啊!不仅没有任何人因此责备菲斯,他们还觉得很抱歉,怪自己没有第一时间为她奉上美食。不知道这些人是否会想到,菲斯,不论她怎么变,首先她只是一只狗。

第十章 纽约城！

菲斯以前从来没有坐过飞机,而这事,劳拉也是头一回。我们受邀去纽约参加瑞奇·雷克的节目。这档节目现在已经停播了,但是在2003年秋天的时候,那可是相当有人气。能参加这档节目,大伙都很开心。据我们所知,瑞奇·雷克也很喜欢动物,而且也是几个孩子的妈。还有一件让我们高兴的事情是,瑞奇说,她会把儿子欧文带到现场,让他也看看菲斯。我估计,她儿子恐怕只有两岁多一点。要去纽约,就必须得先通过俄克拉荷马市机场的安检。为了菲斯,我们和机场方面发生了激烈的争执,他们竟然要求我们把菲斯塞到货舱里!可是菲斯不是货物,而是大名鼎鼎的"人物"!要是一定要求我们这么做,我们宁可不去参加节目。直到现在,菲斯都从没在飞机货舱里待过,她总是和我们一起坐在上面的客舱里。我们也从不要求坐什么头等舱,只是想坐在紧挨着头等舱挡板后面的第一排座位上,这样菲斯就可以趴在地板上,尽可能舒服一点。

瑞奇节目组的人安排我们经芝加哥飞往纽约,这样我和劳拉就可以带着菲斯一块儿飞了。其实,我也有些日子没坐过飞机了,说实话,在第一段航程中,我真有点恶心想吐。到了芝加哥,有位和蔼可亲的女士跟了上来想看看我的狗,因为就在几天前她和她的孩子们在"雷普利"重播节目里看到了一只一模一样的狗。她发现我路都走不直了,就主动提出来要帮帮我。原来她是惠氏公司的医药代表,就给了我一种有助于缓解晕机的合剂。后来我们发现我俩居然还是表亲呢!那天我们一块上了飞机,一同飞往纽瓦克,然后在那里分道扬镳。我们一路上兴致勃勃地聊得很开心。

而最让我惊讶的是,几天后我又看见她和我出现在同一个机场,同一个登机口,乘同一架航班。这一次我们是要赶往圣路易斯,在那转机回家。她也是要在圣路易斯转机回阿肯色。怪不得人们总是感叹世界太小。有时候世界真的小得惊人。金,也就是这位惠氏的医药代表,还给她的先生和孩子们打了个电话告诉他们,她又碰到我们了,又搭同一班飞机。同样地,我们又想法子把座位调到了一块儿。

我们哼着比吉斯①的歌,自嘲说自己也越来越老了。而菲斯只是在一旁听我们说笑,心情似乎还不错,不过她也有些晕机。后来不知怎么地就爬到了金的腿上,金就这样一直抱着菲斯那黄毛身子,几乎就没松过手。菲斯偶尔还会舔舔她的脸,但是金一点也不介意。搭飞机的时候,菲斯常常会出这样的状况,这么露骨地表达好感,可能有些人会觉得受不了。

自从菲斯在"雷普利"上亮过相之后,事情就越搞越大了。她的那期片子被评为"雷普利"史上最佳,正是这个前提,我们才被邀请参加瑞奇·雷克的节目,因为她做的节目是——"雷普利"最佳年度秀。那次和我们同台的几个表演者真是让人匪夷所思。其中一个就是通过文身、整容和换牙把自己改造成老虎模样。此人的大名就是丹尼斯·史密斯,真是一个蛮有趣的人。他沿着后台的走廊朝我们的休

---

①比吉斯(Bee Gees):是一队来自澳大利亚的三人兄弟乐队组合,从20世纪60年代开始一直活跃于歌坛,直到2003年其中一位成员去世。该组合被誉为史上最成功及最完美的三重唱,对世界歌坛影响深远。

息室走过来,菲斯见到他都不知道该怎么反应,但还是很礼貌地舔了舔对方尖利的"虎爪"。丹尼斯笑了笑,亮出一口尖锐的"虎牙",还在菲斯的头上磨蹭了两下。另外,那天台上还有一个人也是满身的刺青。还有个人长得很像迈克尔·杰克逊,很多人都想请他去拍电视电影。还有一个家伙更是了得——可能你都不会相信——竟然通过一根长管子,用鼻子吸牛奶和其他饮料。是的,我没骗你,这绝对是真的,当时所有发生的一切,我们都是亲眼所见。瑞奇非常高兴见到菲斯,她问了我几个问题,然后又问了劳拉很多关于菲斯的事情。因为节目播出时间有限,只有劳拉接受采访的那部分被播了出来。那天台上还发生了点有趣的事情,而且也被播了出来——就是在台上做节目的时候,菲斯不愿待下去了,就自己站了起来,然后直接走到观众席里,准备走人了。瑞奇哈哈大笑,还乐得一个劲地鼓掌,观众们也跟着鼓起掌来。菲斯要是不耐烦了,就会直接表达出来让你知道,她才不会在乎那么多呢。

纽约城,你久等了!给我们开车的司机叫托尼,他当之无愧是现实版纽约司机大佬的最佳典范。我们乘坐的是一辆体型庞大、乌黑锃亮的雪弗兰萨博班,而且是有深色车窗

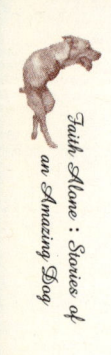

的那一款,车头还插着一面旗子,俨然是外国贵宾来处理重要事务似的。今天,我们的目的地是公园——中央公园。从瑞奇·雷克的演播室到中央公园并不远,所以我们只花了几分钟就到了公园南门。但就在路上那短短的几分钟里,托尼给他的业务伙伴们打了三通电话,在电话里他又是骂,又是说别人傻,还时不时地大发议论。有那么一会儿,他竟然双手脱离方向盘,手舞足蹈地讲电话。从托尼的口音判断,他可能是意大利人,所以他说话的时候爱打手势也很正常,但是我们却吓得目瞪口呆。纽约街头本来就车流如梭,他开车速度又很快,居然还双手脱把。我当时也不敢说他什么,要知道托尼可是一个身如谷仓的彪形大汉,咧嘴笑起来的时候,那嘴巴大得像鲨鱼!真可爱!

就在我们到达公园的时候,他通知我们说,他不能开车带我们参观景点了,他得在公园里处理点业务,大概需要30分钟的样子,所以我们得下车自娱自乐一会儿。噢,就这事啊,我们还巴不得呢!我们迫不及待地下了车,在纽约城清爽的空气里漫步,在世界最著名的公园里穿行奔跑。在这里我们看到来往的马车、沿路的小贩,还有人在打篮球,凡是你能在中央公园里看到的一切,我们都领略了一番。同时我们也在天马行空地揣测托尼的行踪,还把各自脑子里的奇思怪想都交流了一番。现在想来,即便当时我们撞见托尼在敲诈什么人,我们也不会多么大惊小怪。忽然,劳拉笑容满面地转过身来示意我,她看见托尼正朝着一伙人走过去,他们每个人都穿着长皮大衣——除了托尼,他穿的是紧身齐腰皮夹克,戴着一顶黑色皮质贝雷帽,蹬着一双钝头靴,就是你看到保镖穿的那种。他们要干吗呢?

劳拉和我忽然意识到咱们只顾着看托尼,都没怎么在意菲斯了。菲斯的确拴了狗绳,但是我以为劳拉在牵着她,劳拉又以为我在看着她,其实我们俩谁都没管她。结果她不见了!这是我第一次来这个公园,根本摸不清方向,不晓得自己走过哪些地方。劳拉记得我们曾经路过一个金色雕塑,可是我们眼前有两个这样的雕像。菲斯!她会在哪呢?一定会有人看见她的。果然没过多久,我们就听见有人在笑,还有人指指点点的。这时候我们才想起来,估计是菲斯在我们脚边待烦了,就站起来走掉了,很可能是去追松鼠什么的,然后自己也不知道跑到哪里去了。我和劳拉同时看见了菲斯,还看见托尼那伙人正笑得前仰后合。其实,我们都不用太担心菲斯,因为当时天色也还早,刚过了中午,公

园里光线很亮,还有成百上千的人在那里很文明地遛狗,再说菲斯也很有个性,决不会允许别人把她带走的。如果有陌生人想抱她,她就会回避走开。而且她现在也长大了,发声的能力强了很多,可以发出一种极其惊人的尖叫声。我们听见了,她也在找我们呢!大家都聚到了公园中央,抱着我们的小宝贝又是亲又是吻。托尼准备回到车上去,不过还是先领着我们步行游览了公园不少的景点。他带我们去看了经常出现在电视剧里的岩石群——《法律与秩序》、《纽约重案组》、《犯罪现场调查:纽约》都在这里取过景。还有那些桥真是美极了,我都等不及要再带着菲斯来玩一次了,让她在这里多跑跑,而这一次嘛,总是被人管着,约束太多了。

我们第一次的纽约之行,并没有像后面三次那样参观很多的景点名胜。但我们还是去了几个地方,比如帝国大厦、自由女神像、世界最大的邮局和几家媒体演播室。我们在百老汇看到了大卫·莱特曼的工作室;在时代广场上看了 CNN① 和 ESPN② 的直播报道,另外托尼要去取干洗的衣物,我们就顺便逛了几家商店。他还要给别人送个包裹,另外还得到他最喜欢的熟食店里帮他夫人跑腿买点吃的。他总是在下午时候到同一个小贩那里买咖啡——都好多年呢!这就是纽约。这就是我心目中的纽约。一个有些疯狂的司机——我可以想象他的人生一定经历过种种惊涛骇浪——却带着最灿烂的笑容,最彬彬有礼的态度,讲述着这个城市里最有趣的秘闻轶事。哪里发生了什么事,哪里住了什么人,谁又干了什么,他全都知道。我真的可以坐在托尼的车上,听他滔滔不绝地讲下去,哪怕听上几年我都不会厌倦。

---

①CNN(Cable News Network):美国有线电视新闻网,每周七天,每天二十四小时全球直播新闻报导。
②ESPN(Entertainment and Sports Programming Network):美国娱乐体育电视网,目前已经发展成为全球最大的体育电视网,卫星网络覆盖一百多个国家,节目使用20多种语言,全球收视观众超过两亿。

第十一章　莫瑞·波维奇

我喜欢莫瑞·波维奇！莫瑞主持的是一档早间播放的辛迪加①脱口秀,相当精彩!我虽然不经常看这档节目,但是我知道主持人非常棒,长得又帅,和他在一起肯定很有趣,再说他也很喜欢狗。就在那个冬天,也就是瑞奇·雷克的节目播出后不久,他就让人给我们打来电话——想要菲斯也上他的节目。谁都想要咱们的菲斯!2003年夏天的时候,她就被邀请去纽约参加NBC②的《今日秀》。我们预订的航班日期是8月14日,没想到就在那天,纽约遭遇了该市历史上最大规模的停电。因为我们的终点站正是纽约,所以俄克拉荷马市的机场不许我们登机。眼见着别的航班都

---

①电视节目辛迪加(Syndicate),是一个节目分销系统,节目分销商把同一个新节目或旧节目的播出权分别卖给不同的电视台,以"一稿多投"的办法来扩大节目影响,增加节目价值。
②NBC(National Broadcasting Company)全国广播公司,美国三大商业广播电视公司之一。

起飞了,而我们却总被告知说不行,我怀疑,恐怕是因为我们带着菲斯,所以才拒绝我们登机。很多事情我们自己是没法知道的,反正直到现在我们也没上《今日秀》。不过,那天我们最终还是抵达了纽瓦克机场,因为晚些时候还要参加莫瑞的脱口秀。就在等人接我们去酒店的时候,我们发现来接机的正是那位身材魁梧、有着鲨鱼般笑容的意大利人,仍然是齐腰的皮夹克和钝头靴,只是手里多塞了份报纸。他正直直地盯着我们瞧呢,我侧身跟劳拉说,托尼看上咱们啦。

我们的这次旅行真是一次特别的经历,那天在飞机上还发生了点事情,可能有些读者会对此感兴趣。那天和我们同机的,有一位非常有名,大家非常熟悉的前橄榄球运动员,他曾为纽约巨人队效力多年。他和他美丽的夫人恰好坐在我们前面的头等舱里。当我们的航班从芝加哥起飞之后,有好几次他都误以为有人在和他说话,想跟他合影。每当这时,他都会转过身来,甚至还没看人家一眼,就急着抱怨说,自己很不想被人打搅,他没法忍受在飞机上还有人来找他。但是,每次他以为有人在找他的时候,其实别人都是要和我说话。他这个小误会在飞机上发生了四次,在取行

李的时候又发生了六次。他妻子都开始笑话他了,他索性就走开了,让他妻子一个人待在行李认领处等行李。而我从来就不会拒绝任何人跟菲斯合影,也会乐意透露咱家的电话号码,好让人们日后打电话来问候一下全世界最著名的狗狗。而且我也决定不告诉菲斯那位大球星的所作所为,就让咱家狗狗继续相信他有多么了不起。

我的小女儿凯蒂这次也陪着我和劳拉出来旅行。当时凯蒂迷上了奥兰多·布鲁姆,她在机场碰到什么人,只要长得有点像,都以为是他。"那个是不是啊?还有,那边那个……"这时候,托尼走了上来,虽然凯蒂从没见过他,却一眼就把他认出来了。"哈罗,托尼!"凯蒂主动跟他打招呼,而他也对凯蒂点了点头。如果你见过大块头的硬汉子怎么跟熟人点头打招呼的,那么托尼当时就是那个味道,特别典型。另外,我敢肯定——绝对没错——托尼对凯蒂当时说的是"好呀嘟吟"①。是啊,我们又到纽约了!托尼的公司同时给几家媒体工作室提供接送服务。他跟我们说,这次当

---

①好呀嘟吟(Howyadoin)是"How are you doing"的美式黑人英语,还是一首说唱歌曲的歌名,意思是:你好吗?

他看到条子上写着要接的来宾是——两条腿的小狗菲斯和她的家人,他就决定争取揽到这趟活。为了抢到这个机会,他还跟几个家伙吵翻了,不过他不在乎,他们活该!对于托尼说的这话,我们不知道他说的是真的,还是仅仅是个玩笑而已,我们听了也只是微笑一下或者也打几个哈哈。我们俄克拉荷马人在搞不清楚状况不知道是进是退的时候,就是这么一笑置之。

凯蒂问他:"你见过奥兰多·布鲁姆吗?"托尼眯着一只眼睛,歪着脑袋看了她一眼说,要是他见过,他就开车从那小子身上碾过去。我们又是微笑着点了点头,心里揣测着这家伙到底是在作秀,还是来真的。我们下榻的酒店是天际大酒店,但是托尼并没有直接把我们送过去,他似乎又要去照顾什么生意,就把我们撂在时代广场等了他一两个小时。对此,我们也不在乎,就在街上晃荡来晃荡去,人都冻僵了,毕竟才2月10号呢。我们到处找法子取暖,一会买个热腾腾的椒盐卷饼,一会又到托尼最喜欢的小贩那待一待,趁他还没把我们赶走,就在那买了杯下午咖啡,接着我们又逛了"快银"、"维京"、MTV演播中心,还有其他一些等着赚我们的钱又想看我们小狗的店子。那天有个人为了穿过街

道来看菲斯,差点被开过来的汽车给撞了。他刚从时代广场的"维京"唱片行跑出来,一辆出租车就迎面撞了上来。那人大概有1米7多的个头,140斤的样子,情急之下,他一跃而起,扑到车顶。然后他对着车子的挡风玻璃踢了一脚,朝着司机吼了几句,要他开车看着点,接着他自己整理了一下,又马上伸出双臂,穿过马路,朝我们冲过来,大喊了一声:"菲斯!"此人一定是在什么上面见过菲斯,所以一下子就认出了她。菲斯在名气上其实没有多大竞争力,通常只有我们所在的俄克拉荷马市才有人叫得出她的名字,这是第一次有外地人当众对她直呼其名。我们站在纽约的时代广场上,忽然有这么个人,跃过的士,逃过死神,就为了抱抱我的狗。而我的狗竟然也愿意让他拥抱和抚摸。我也被雷到了!平日里我们的菲斯小姐总是很厌恶男的,虽然没什么防备措施,也不会咬人,她就是不愿意让异性人类伸出手来抱她。但是,这个人却做到了。

他跟我握了握手,自我介绍了一下。他叫比利·卡波理。我刚刚跟他说了声你好,就被那个穿着皮夹克的"鲨鱼脸"给匆匆带走了。最后,我们终于到了酒店,正准备去休息,忽然间,一大群英国人闯了过来。他们大概有好几十人,手里端着照相机,一下子涌进了酒店大堂,不是对着我们连连发问,就是噢噢啊啊地大呼小叫。他们操着一口纯正的英国腔叽里呱啦地哄着菲斯,我勉强能接受这种口音,而劳拉却特别喜欢,她回答了每一个来访者的每一个问题。这些人之所以能来到这里正好逮到我们,是因为有人向他们透露了菲斯的行踪。我们原本是要住在宾夕法尼亚大酒店,但是该酒店的房间几乎全被一群来参加选秀的狗狗给占了,这些毛茸茸的选手们都要在第二天的威斯敏斯特犬展上显耀一下自己的胆识和美貌。这几十个狗迷正是从宾州酒店①得知我们入住天际酒店的消息。想一想,这两个酒店其实相隔好几英里,他们这么一大群人打着出租车,从更为繁华的市区,一路奔向我们这个有着"地狱厨房"②之称的偏僻地方,其目的只是为了来看看菲斯,我们都觉得挺惊讶的。他们自己倒是觉得没什么。看到我们同意拍照,又积极回答问题,他们又高兴又激动。既然我们这么不厌其烦,

---

①宾州酒店:宾夕法尼亚大酒店。
②地狱厨房:指纽约市夹在 34 街与 59 街之间、从第 8 大道延伸到哈得逊河的整个区域,曾是美国的犯罪中心。该名的得来众说纷纭,其中一个说法是,一名警察认为这里比地狱还要水深火热,就戏称之为地狱的厨房。

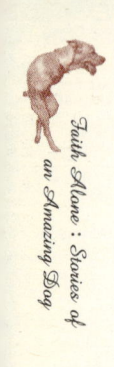

他们就继续和我们聊起来,跟我们大谈特谈一部马上就要开拍的电影,有两个人还觉得菲斯也应该在里面演个角色。这部特别的电影就是——《哈利·波特与火焰杯》。

我们去房间的时候,还谈起了此事。这可能吗?那群人里面是不是真有来自"飞鸟驯兽"有限公司的?就是那个专门为哈利·波特电影的拍摄提供动物训练的公司。要真是那样,就太棒了!我们决定暂时不再想这事了,放松下心情,看看到底怎么样再说吧。托尼要第二天早上才会来接我们,这样我们就有足够的时间好好休息一下,而且还可以折回城里到处去逛逛。劳拉不是很想去,而我和凯蒂两个人却是劲头十足。于是,我们就扔下她出门了。

我和凯蒂又回到时代广场闲逛,当时已经是晚上九点了,一眼看去广场上依旧是人山人海。人们大多是第一次见到菲斯"本人"——应该说"本狗"——所以我们每走几步就得停下来反复回答同样的问题:她的腿怎么啦?菲斯多大了?她的臀部有什么问题吗?要是想撒尿,她会怎么做?你们从哪来啊……我们恨不得特制几件 T 恤衫,前襟印上关于菲斯的常见问题,后背就印上答案。穿上这种 T 恤肯定很有趣,谁要是想知道哪个答案,我们就转过身去给人家看好啦!不过问得多了,我们就得这样转来转去的,等我们回答完了,人也转晕了。我们刚回答完一群人,另一群人又走过来,笑着喊着大声问我们:"……嗨,是那只电视上的狗吗?"当然,我敢肯定在电视上亮过相的绝不止咱家一只狗,不过那阵子,菲斯的出镜率的确挺高的,已经上过好几档节目了。我们故意回答说:"不是啦,电视上的是另一只两条腿的小黄狗。"看着他们笑着挥挥手走了,我们心里也觉得贼逗乐。

菲斯还有一个让大家惊叹的能耐——就是她的笑!每当看见陌生人,或者在公园里看见有一群人朝她走来,她总是一副笑笑的样子。她的眉毛,如果那也算是眉毛的话,还让她的脸上透出几分好奇的神情。有时候她会张开嘴,把舌头伸出来歪向一边,无论谁见了她这模样,都说好看。菲斯的妈妈是松狮犬,所以菲斯也就遗传了带斑点的舌头,红紫相间,很惹眼。我以前常常哄小孩子说,那是菲斯的舌头发霉了,他们听了就一脸怪相地说"好恶心哦",然后我才告诉他们真相。菲斯还能一下子站起来,经常把小家伙们吓得目瞪口呆,直往后退,接着他们又哈哈笑起来,指着菲斯

大呼小叫:"哇噢!不可思议!"没错,我必须得承认她这个本领的确让人见了啧啧称奇。利用腹部、小腿和大腿的肌肉,菲斯可以从完全俯卧的姿势笔直地站立起来,有时候如果行动慢了一点,为了支撑身体,她还会用头顶一下……然后就站起来了!

我们在纽约还遇到了一位非常有名的红发女星,她的名字我不能讲。当时她正要去百老汇,看音乐剧《金牌制作人》,突然她停下了脚步,看着直立行走的菲斯,泪水滑落了下来。她也是穿过车流,跑过来看菲斯。她伸出双臂,一把捧起菲斯的小脸蛋,在她额头上狠狠亲了一口。泪水弄花了她的睫毛膏,她也不管,只顾着高兴自己见到了菲斯。她说,她妈妈跟她提起过菲斯就在城里做节目,不过她从没想到自己会亲眼见到菲斯,因为纽约城真是太大了,但是她竟然遇上了。这时候现场的媒体记者围了过来,在人行道上对着她一阵猛拍。我想,她亲吻菲斯的那一幕,他们肯定没拍到,只拍了几张和菲斯站在一起的照片。到现在我也没见过这些照片被登出来,以后会怎样,就不得而知了。我记得我问过那位女星,她为什么觉得菲斯很酷,而她的答案也是让人如此窝心温暖。她说,菲斯是传媒界唯一一个她所能想到的不为名利的名"人"。她的出现只是想让人们明白——只要你有心，只要你用心，一切就皆有可能！你毋须用财富和名气来炫耀自己有多美……这就是菲斯，她甚至不用太努力，只要站起来走一圈，就会带给人们许多快乐。我说的这件事都是真的，就当是给大家透露了个秘密吧——当然如果这也算得上是秘密的话。我们感谢耶稣，感谢他让菲斯有了勇气和力量去追寻正常的生活。如果我们也能学着像菲斯一样坚强，并多一点信念，那么我们的人生路也必能走得更坚定——至少我们可以走得更自信一点！

第二天早上，来接我们的不是托尼，而是另一个家伙。这回我们坐的是一辆黑色商务车。当司机把车子并入车流时，我们差点与一辆出租车侧面擦碰。那辆出租车摆明了不愿意减速，不想让我们的车并道。在纽约要保持在一条车道上连续开上几秒钟，几乎是不可能的，因为这里路面太窄，车子又太多，轿车、商务车、货车、快递车满街跑。每条街都拥挤不堪，没完没了地变道，要是不习惯的话，你会觉得晕乎乎的。我带着俩孩子和菲斯坐在车里，不晓得从哪里冒出来一辆出租车，差点就撞上来了。出租车司机不停

地按着喇叭,还竖起中指向我们示威,然后就准备开溜。我们的司机,也是纽约城里的本地人,索性把车子再开出来些,刚好拦住他的去路,逼得他停了车。我吓得以为马上就要被撞到了。我们的司机冲出驾驶室,两只手在出租车的车顶上狠狠地拍了几下,又用意大利语对着那人吼了一通,然后回到自己车上。而出租车司机岂能善罢甘休,他也从车里冲了出来,把我们的天线给弄折了。我简直不敢相信!正当他要把天线给拆下来的时候,他朝咱们车里看了一眼,只见我一脸惊恐的表情,旁边还有一只黄毛小狗,咧着舌头,歪着脑袋,笑眯眯地看着车门外一切喧嚣和吵闹。出租车司机愣住了,手里拿着天线,看着我们的司机,用意大利语问道,车上载的狗狗是不是菲斯?我们的司机拉直腰杆,挺起胸膛,耸了耸肩膀,回答说,没错,就是菲斯,咋啦?出租车司机立刻满脸堆笑,给我们再三道歉,还跟我们招了招手,鼓捣着把天线装上,又继续赔着笑容回到车里——给我们让路!我从后视镜里瞥见他正在掏电话,毫无疑问他肯定是要跟别人说,在纽约"地狱厨房"的大街上,他遇到了谁!

我们一行人刚到达莫瑞的演播室，咱们的司机一分钟也不耽误，立刻给大家讲起路上的遭遇。这时菲斯上场了，她踱着步子穿过演播室，这里走走，那儿转转，然后迈上楼梯，登上舞台。看到人们当时脸上的种种表情，我都觉得挺惊讶的——他们的反应也太夸张了。莫瑞·波维奇对菲斯宠爱有加，对她又是亲又是吻，还夸她是一只了不起的狗狗！他怎么也不会想到，他的宠爱和夸赞其实也让菲斯开心不已。莫瑞私底下还跟我们说，真实的菲斯比他在图片上看到的要漂亮多了。而让他最为震撼的是，菲斯竟然可以从趴着的姿势直接站起来，他还嘱咐大家一定要把这个拍下来。一切都很顺利！莫瑞的节目播出来了，千千万万的观众又可以领略到菲斯的风采了，无论在镜头里，还是在聚光灯下，无论在什么人面前，无论是带着怎样的道具，无论在舞台上还是人群中……她总是那么魅力十足。菲斯就爱出风头！

第十二章　纽约街头

我的另一本书——《和菲斯在一起》——曾经讲过一个故事,我觉得这个故事有必要在这里再讲一次。我知道菲斯拥有某种惊人的能力,而我自己却常常意识不到。有时候,也许是因为和她朝夕相处久了,我忘了她存在的意义是何等的重大:她向人们展示了强烈的求生欲望,给人们带来鼓舞人心的士气,还传递了爱的讯息。我只是把她当做我的小狗,上帝派来的天使,我们爱他,宠她,带着她四处旅行,看看人们见到菲斯时脸上惊讶的表情。然而,对于许许多多不同的人来说,菲斯就是一本神奇的书,他们以各自不同的方式解读着菲斯的传奇。

这些人中,就有一位女士,我就叫她卡罗琳·戈德吧。卡罗琳是位单身母亲,她的孩子们都长大了。如果我没记错的话,她大概五十岁,几年前诊断出糖尿病,最近又因为这个病双腿截肢,如今只能被禁锢在轮椅里。她一个人孤独地生活着,身边也没有人关爱她,于是她做了一个自以为明智的选择——她要结束自己的生命。她实在不想在病情恶化的时候,再给家人和朋友增添负担。她渐渐地下定了决心,甚至大老远地,自己摇着轮椅,来到纽约的街头,找了家当铺,买了一把枪。在纽约州买枪的话,我想大概要等上一星期才能拿得到。这一天她又沿着一星期前曾经"走"过的路,回到当铺来取枪。同样也是这一天我们刚好来到她这个城市的大街上,正准备买些东西,找些纪念品带回家。

当天早上,卡罗琳刚好在电视上看了瑞奇或者是莫瑞节目的重播——反正我没搞清楚到底是哪个。然后,她给一个朋友打电话,可能就聊到了菲斯。她从朋友那得知菲斯就在城里,不过她怎么也没想到,菲斯就出现在那间当铺所在的同一条街上。我不知道卡罗琳花了多久才找到我们,也许不是很久吧。纽约城的人一般都是到自家附近买东西,时代广场那一块有很多的公寓楼,估计她住得并不太远。卡罗琳·戈德摇着轮椅,躲闪着纽约城里穿梭的车流,朝我们所在的街角挪了过来。我想她肯定遇到不少危险,可能差点就被来往的汽车给撞了,最后是一个警察帮她推到我们身边,而我又拉了一把,好让她靠拢些。看到我们,

卡罗琳哭了起来,泪流满面地跟我诉说着自己的经历,还有她的决定。她说,她真的不知道自己的病还能让她撑多久。接着,发生了一件事情,完全改变了卡罗琳。她看到菲斯了!她不仅是看到了菲斯,也重新获得她的"菲斯"——信念!

我们把菲斯放在这个女人的大腿上,菲斯似乎是受到了上帝的指引,也安安静静地待着,一动不动,就这样持续了几分钟,也许十分钟,卡罗琳一边默默哭泣,一边爱抚着菲斯。我们的举动引起了人们的围观,有的人拿起了手机,有的游客举起照相机,朝着她俩拍了起来。我想,在卡罗琳的人生中,这是她第一次像明星一样如此地备受关注!她流着泪开心地笑了,她把菲斯紧紧抱在怀里,大声地感谢我们来到纽约,感谢我们抚养菲斯。我不知道该做什么,也不知道该说什么。我觉得我们并没有给菲斯特别的照顾,我们只是像关爱我家其他狗狗一样关爱她。我们也只是做了我们认为对的事情——就是让一只模样机灵的亮眼睛小狗活了下来,免遭狗妈妈的抛弃。就在当天,卡罗琳又作了一个决定。她决定把枪留在当铺里,不打算使用它了。这是我那天在纽约街头听到的最好的消息,可能也是我这一辈子听到的最好的消息。

像这样因为亲眼见到菲斯而决定继续坚持下去的人不止卡罗琳一个。就在刚过去的那个夏天,我们在德克萨斯遇到了一家人。当时我们在格雷普韦恩市,参加《德克萨斯户外博览》节目的录制,就住在艾美利套房酒店①。这家人是从新奥尔良出发,辗转达拉斯,专程开车过来看菲斯的。他们找到我们的时候,我们已经准备要外出进行第二天的拍摄。当时我们正在酒店里吃早餐,他们一行五个人走了进来,都想靠近菲斯亲眼看看她。父亲大概有50多岁;他的儿子27岁了,叫大卫;还有大卫的妻子卡瑞恩和他们的孩子艾娜琳,以及他的老伴谢丽尔。

就在几个月前,大卫被诊断出得了糖尿病。由于病情来得太猛,大卫失去了左腿,而且根据医生安排,在一个半月之内,还要去休斯顿接受右腿的截肢手术。大卫心灰意冷,不想再活下去了,他的妻子卡瑞恩想到要独自抚养艾娜

---

①艾美利套房酒店(Amerisuits Hotel):大型连锁酒店,另译作美国套房酒店。

琳，怎么也无法接受大卫这样的决定。她当然也不想失去丈夫，成为一个寡妇。她哀求大卫，一定要他来格雷普韦恩见见菲斯。她说，如果见过之后，大卫还是坚持自己的选择，她也会理解的。不过，无论如何她都想要大卫先见见那只直立行走的小狗，因为这只小狗改变了很多人的生活。卡瑞恩买过我的书，也读过关于卡罗琳·戈德的故事。这个故事也让她想起了大卫的决定，于是她受到启发，想尽办法说服大卫见见菲斯。也许是巧合，也许是天意，大卫本来在下一周就要去见外科医生，而我们偏偏就被安排在这一周来到格雷普韦恩。

他们到酒店的时候，我们正在餐厅。他们首先到前台询问情况，看我们是不是还在酒店。他们把时间卡得真准，我们正好还在用早餐，三十分钟之后就要出发去录制节目了。当大卫看见我们的时候，他立刻垂下了头，然后又摇了摇头。我还注意到，他伸出手抓住卡瑞恩的手。卡瑞恩蹲下来陪着他，所有人都只是一言不发地对视着。他们两岁的女儿艾娜琳忽然用她最响亮的声音尖叫起来："狗狗！"接着就是咯咯咯地笑着冲向这个可爱的黄毛小家伙。至于菲斯，她赶紧跳出大部队，在餐厅里到处乱跑，只想躲开那紧追不舍的小丫头。不过最后,她还是被抓到了。于是,我们抱紧菲斯,并手把手地教艾娜琳抚摸菲斯。菲斯毕竟是一只狗,再说我们也不想节外生枝。菲斯接受了她的抚摸,而且还让她抱了抱。然后,菲斯向大卫走了过去,大卫伸出了一只手来,菲斯便用鼻子嗅了嗅他的手。

想哭就哭吧,是男人又何妨呢?大卫开始哭起来,我也禁不住潸然泪下。卡瑞恩走过来拥抱我,此时我还不知道她是谁,她甚至还没有向我们介绍自己。然而,一切的介绍在此时已是多余了。从那张轮椅,那些泪水,那紧紧相拥的一家人,还有这屋子里令人震撼的深沉静默,我明白了这又是只有上帝才能创造的神奇时刻。上帝对时机的选择,总是让我惊叹不已。一切只不过是一只黄毛小狗突然冒出来,在屋子里跑来跑去,努力躲开一个蹒跚学步的小娃娃,却带给人们如此重要的意义!这难道不震撼人心吗?大卫和卡瑞恩、大卫的父母,以及我和我的两个女儿都只是坐在桌前,看着艾娜琳和她的新朋友。卡瑞恩给我讲起了他们的故事,而我只是在一旁默默地点头。虽然我没有切身体会,但是我见过卡罗琳看到菲斯时的情景,所以我也能理解大卫的内心感受。他觉得自己坚持不下去了,他想结束这一切。面对这样的打击,是多么的痛苦不堪!如果让我也处于他这样的困境中,我也不知道自己会做出什么来,但是由于上帝的恩典,所有的人总会在人生中遭遇一两次如此这般的困境。如果说,和别人分享我的小狗就是我要做的全部,那么我也愿意永远做下去。

第十三章　蒙特尔·威廉姆斯

在我的心目中，蒙特尔·威廉姆斯是全纽约城长得最帅的男人。他自己是一位优秀的主持人，而且他的团队也算得上是该行业最棒的。他们热情而礼貌地接待了我们，和蒙特尔·威廉姆斯及其团队相处的日子是我们多次离家旅行中最愉快的时光。我常常对朋友和孩子们说，如果能在纽约城买一套公寓，一定要把家选在曼哈顿 100 家星巴克中某一家的楼上。到目前为止，我最喜欢的大楼就是华尔街 45 号，当然，该楼的底层就有一家星巴克。蒙特尔演播室就位于纽约城西 53 街 433 号，从时代广场、洛克菲勒中心、中央公园去那里都挺方便，从帝国大厦步行过去也是很轻松就到了。

我此行去纽约还带上了我儿子鲁本，这是他第一次来到这座被人戏称为大苹果的城市，城里的那些景点让他兴奋得忘乎所以。我们刚进城，他就惹了一场大乱子。和以

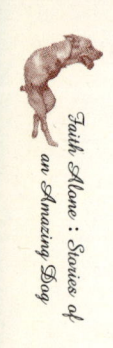

前一样，接下来如果不是菲斯的话，情况定会变得难以收拾。我想鲁本当时不过是个年方十九就要读大学的高中毕业生，只不过是个普普通通的游客，和一般的行人没什么两样。当时咱俩正在大街小巷转悠着，忽然鲁本发现了一个巨大球形雕塑——我想大概是个地球仪。他一下子就跳上了雕塑的平台要我给他照张相片。马上就来了五个全副武装的纽约警察朝我儿子吹着哨子跑了过来。在这纽约城里，大概是不允许跳上塑像平台什么的吧。这样的规定也有它的道理。这城里可住着一千万人，对公共设施的重视程度应该要高很多，可不能像我儿子那样。几秒钟后，警察们却停下来，开始叫喊起来，他们一边笑一边说："嘿，是菲斯来了。"大概他们在某期的电视节目里看到过我们，又或者是我们曾到过他们巡逻的辖区，总之，他们认得菲斯。每到一座城市，如果可以的话，我们都会停下来问候每一位防员和警察。他们把小鲁批评教育了一顿，就没再找他的麻烦了。我们和这帮警察聊了一会，讲了一些菲斯的趣事，还拍了几张照片。其中两位警察甚至提出来要护送我们，他们希望我们也到他们辖区的街上去转转，好让那些未曾见过菲斯的伙计们也能见见她。一般像这种时候，自然有人请喝咖啡啦！曼哈顿每个街角都有家这样的店，店门上有个绿圈圈,中间有条游泳的美人鱼。那就是我的最爱——星巴克。

那天去蒙特尔·威廉姆斯那儿录节目的动物,包括菲斯在内,都在生活中有些了不起的故事。泽克是一只德克萨斯州的漂亮柯利牧羊犬,他在主人的呼吸机断电时救了主人一命。和我们同台接受采访的有只叫泰坦的拉布拉多犬,个头很大,巧克力色,有一次他的女主人一头撞晕在泳池水泥墙上,是他全力将主人拖出了池子。我们还有幸和一只白色的贵宾犬同台,是他的"吻"救活了他的小主人,当时这个男孩仅有一息尚存,这只小狗围着他又叫又舔,最终让他清醒了过来。在场接受采访的还有一位女士,她家的老猫咪闻到有起火的烟味向家人准确报警,排除了险情。还有只"认识"五百多个单词的鹦鹉,这些动物们都非常不可思议。那么,你们肯定纳闷菲斯干吗也来上节目呢?这个嘛,其实是一位观众提名的,说她是只了不起的宠物,因为她学会了克服和战胜艰巨的困难。虽然菲斯没有把我们从起火的房子里救出来,也没有把谁拖出游泳池,但是她克服了生活中的重重困难,她是那样的坚持不懈,努力奋斗,对自己充满信念,所以人们只要看到她就备受鼓舞。我不

知道猫猫狗狗们是否也信上帝或者是否也会祈祷,但我确信,冥冥之中上帝已经给它们作了指引。所以,他们总是在我们最需要的时候,把爱和幸福带进我们的生活。他们的付出是如此地毫无条件,他们的爱是如此地无私无畏,无羁无绊。我们人类真的能从动物们身上学会敞开心扉接受真实的自我。我总跟别人说我想成为我的狗狗美奇丝心目中的那种人,那样的话我一定会成为全世界最好的人。我们要铭记于心的是,狗狗们(以及一部分的猫猫),只要我们人类关心他们,爱他们,他们就会爱我们人类。以至于有些人不喜欢自己的同类却十分喜欢动物——这恐怕也是人之常情。

看到菲斯走上舞台的步态,蒙特尔惊呆了;当看到菲斯吐舌头时,他不禁莞尔并且努力忍住才没笑出声来。菲斯接着趴下身子又直接站起来,就算是给蒙特尔行礼了。蒙特尔安排我们坐在前面的椅子上接受采访,椅子后面摆了些道具,菲斯就在舞台上四处转悠,查看着那些饰品。不用猜,她肯定是在找一块烤肉或者奶酪。节目开始前我们在休息室候场的时候,她就闻到了肉味。因为像蒙特尔·威廉姆斯这样的节目是先录播再后期剪辑的,所以菲斯可以在台上打嗝,反正他们后期可以把她打嗝的声音剪掉。菲斯打嗝时,我看了看蒙特尔的表情,他眉梢一挑,笑出声来。我打赌坐在观众席里的一些人一定也听到了他的笑声。不知道当时的吊杆话筒到底关了没有,不过2006年二月节目播出的时候,菲斯打嗝的声音的确是剪掉了。狗就是狗模狗样!我只是想告诉人们,菲斯跟其他的狗狗并没什么两样。唯一的不同是,她学会了直立行走,爱上了演播室的镜头和灯光,偶尔还会趁人不备从别人手里叼走吃的东西。菲斯是一只狗,一只棒极了,了不起的狗,一只创造奇迹,让人惊叹不已的狗,但是菲斯也只是一只狗,她每一天都在提醒我们这一点,而我们爱她也就因为她是一只狗。

小狗菲斯

第十三章 蒙特尔·威廉姆斯

第十四章　芝加哥的小插曲

相比起去《蒙特尔秀》的旅程,我们的回程却远非一帆风顺。由于天气的缘故,我们在芝加哥换乘的航班被迫延迟起飞,我们也被迫滞留当地,被要求在当地留宿一晚,为此美航给我们预订了宾馆入住。但因为机场限电,所有出入口的自动门无法开启,直升电梯和手扶电梯也不能将我们送达机场的任何楼层和候机区,当时就连走出机场大门都得靠自己想办法,甚至去搭乘机场巴士我们都得先在机场内徒步穿过两个区,出了机场后又再步行两个区,才最终登上送我们去酒店的巴士。大巴司机试图劝阻我们带狗入住酒店,他说芝加哥奥黑尔机场附近的这家假日酒店不允许客人带狗入住。我们当时错误地以为既然我们的房间是美航订的,那么登机处的地勤就应该清楚我们带了狗乘机的,理所当然也应该通知了酒店方面。

但机场地勤显然没有通知酒店。出机场二十分钟后,我们抵达了酒店门口,一下车我们就遭遇了阵阵的狂风和彻骨的寒冷,更不用说空中飘着的雪花,甚至酒店入口处都结着冰。接待我们的大堂经理在办公桌后冲我们摇头,拒绝我们带菲斯入住酒店。我们当然据理力争,提出是美航为我们预订这里的,但是他就是不让步,拒绝改变决定。我们这番唇枪舌剑刚刚结束,一对好心的夫妇从酒店大堂旁边的餐吧出来。他们很好奇地问道:"这不会是菲斯吧?"我当时以为经理最终会看在菲斯是只不同寻常的狗狗的分上而让我们住下来。但他没有!那对夫妇开始给菲斯拍起照来,为免菲斯站得太累,他们就自己趴在了地上。恰逢此时,入口处进来一位拖着行李的男士,他也好奇这是不是就是他在很多节目上看过的那只叫菲斯的狗。我们给了他肯定的答复。能遇到菲斯让他非常高兴——他是英国人,正在美国公干,眼下他刚从加州过来。这间酒店他住过很多次了,和酒店有长期合约,可以随时入住。他很不理解酒店为什么不能尊重一下航空公司的决定,之后又质问这个经理为什么不事先向航空公司确认当晚是否有客人带宠物狗入住。当然,这个经理肯定会把责任推给登记处的地勤——既然我们曾在她的登机口登机,又是她帮我们订的酒店。

小狗菲斯　第十四章　芝加哥的小插曲

不管我们如何努力,大堂经理就是坚决拒绝我们带狗入住,对此我们实在是束手无策。因为现金都放在我的包里,我当时又没带包,身上一点现金都没有,而我的包此时很有可能还在某架飞往俄克拉荷马市的航班货舱里。我带了银行卡,但酒店里不能用借记卡,没有钱交押金我们只能干着急。我们问酒店经理他是否预备让我们在零下十几摄氏度的天气里去大街上溜达,他回答说——是。天呐!我被惊得目瞪口呆,真没想到居然会有这样的酒店经理,竟然在这种鬼天气就为了一只狗而把我们拒之门外!我们新认识的英国朋友林顿·史密斯肯定也被这个经理给雷到了。他掏出自己的白金信用卡为我付了押金,还给菲斯付了一份,而且菲斯的押金比我们人的押金还高。我猜她要是个人的话,就不用多付这么多了。我们谢过史密斯先生,并且承诺一定会还钱给他,但后来我却把他的地址弄丢了,所以没法还了。我请求本应为我们付住宿费的美航还钱给他,或者给他送免费机票,直至今日,我也不知道他们这样做了没有。希望他们做了,他可真是个大好人哪。人们总是这样竭尽所能地满足菲斯的需求,不断地带给我们惊喜与震撼。菲斯并不知道就因为自己是只狗而惹来这么大的麻烦,但也同样因为她是一只狗,而让史密斯先生动了恻隐之心,出手相助。更何况,他早已在电视上见识过这只奇迹般的狗,并为她的力量和勇气所打动。

在芝加哥假日酒店事件之后,我们还在其他好几家假日酒店和迅捷假日酒店住过,他们都毫无疑问地接受客人带狗入住。我希望假日酒店在这件事情上吸取教训,能好一点对待因天气情况到来的旅客,他们既无法控制天气,也管不了预订酒店的机场地勤,只得无奈地任人摆布。不过,我还是记得那位巴士司机,他倒是很清楚他们酒店的规定,的确警告过我们。我觉得我们差一点就要在又冷又黑又阴森且正在限电的机场里过夜,但总算是得救了——到现在我都在庆幸那晚我们最终还是躺在了柔软舒适的床上,吃了一块超赞的比萨当晚餐。我们下次去芝加哥,或者说菲斯下次去芝加哥,应该就会好多了。

小狗菲斯 第十四章 芝加哥的小插曲

第十五章 《内幕新闻》、PBS 和奥普拉!

2006年春天,包括《内幕新闻》、《娱乐今宵》和《奥普拉秀》等在内的几档知名电视节目都向菲斯发出上他们节目的邀约。至于《娱乐今宵》,我们的确是无能为力,不过万一将来他们再打电话来,我们还是希望能为他们节目做点什么。《内幕新闻》的情况就不同了,他们亲自来我们市录制菲斯的采访节目,还拍了一份所谓"B-卷"的视频录像,其中的内容无非是菲斯在户外跑跑跳跳,在公园玩耍,或者就是随便坐在那里,表现得很自然。在采访中,提问的记者只是坐在我对面,没有出现在镜头里。她首先代表节目观众问了我几个他们感兴趣的问题,也就是我们所说的常见问题。接着她进一步问了我一些大家想知道又有所顾忌不敢提的问题。其实与菲斯有关的问题,我都很乐意回答。对于有些事情,人们真的只是好奇,只是想知道答案而已,并不会当成多大一回事。我欣赏她的干脆和直接,也尽己所能地给出最好的回答。只有一件事情让我心里有些不舒服,其实他们也采访了凯蒂和鲁本,但是最后却没有播出来,真的有点难过,因为人们似乎只关注我和劳拉,而忽略了他们俩。菲斯虽然是劳拉的狗,但开始是鲁本把她从狗妈妈那救了下来,后来他从家里搬了出去,劳拉才正式成为了菲斯的主人。鲁本当时没办法带走菲斯,而且他也无法独自照顾好菲斯,所以就把她送给劳拉养。凯蒂的狗叫伊恩,就是那只咬过菲斯,还让菲斯学会奔跑的柯基犬,我们家每个人都有自己心爱的狗。当时我们并不知道,拥有菲斯会改变我们家所有人的生活,但事情已经这样了,我们也还应付得不错。我们乐于做菲斯身边的人,也勇于面对这样的挑战。

《内幕新闻》的报道一经播出,我们就接到从各个国家打来的电话,邀请我们做节目和采访。《内幕新闻》看来是风靡全世界,节目播出不过几周,就有电话从全球四个大洲打过来。大洋洲、欧洲和南北美洲的人们通过电话和网络都对我们进行了采访。我还在等着非洲人打电话来呢,说他们也在《内幕新闻》上看到我们了。也许会有那么一天的。由于我们以前是借了我朋友特鲁迪的房子做采访的,

所以我觉得最好还是再借一次他的房子,好让《奥普拉秀》摄制组的人来录制 B - 卷。

奥普拉节目组的人给我们打来电话的时候,我们正在为 PBS 电视台的《动物魅力》栏目录制一期节目,名为《潘里奇走出杰克逊维尔,佛罗里达》。当时对于能上这档节目,我们别提有多兴奋了。《动物魅力》是菲斯拍过的最好的片子,因为它更加细腻地展现了菲斯对于我们一家人的意义,也详细地介绍了在收养菲斯之前我们家的状况。在菲斯进入我们的生活之前,我们正经历着因为离婚而带来的无休无止的麻烦和困惑,这种事对美国人来说或许已经司空见惯,我们经常会听到人们讨论离婚啊,审判啊,出庭啊什么的,还有在这过程中离婚一方给另一方制造的种种麻烦,等等。我们的情况也如出一辙,甚至还更糟糕,由于法院的错判,孩子们从我身边被带走了,我花了很长的时间才使法院改判,让孩子们重新回到我的身边。而且在正式离婚五年之后我才获得两个女儿的完全监护权。鲁本发现菲斯时我们家就是这样子,全家人都希望痛苦和不快早点过去,在爱和祈祷中努力重建这个家。潘里奇节目或者是《动物魅力》就给了我们一个机会,让我们能够为观众讲述故事的这一面，也让我有机会介绍一下自己的书，在这本书里我讲述了菲斯到来之前和之后我们迥然不同的生活。有数以百计的读者在读完那本书后给我发来电子邮件，他们说菲斯为他们的生活创造了奇迹——而她不断创造奇迹的生涯正是从我们家开始的。他们说的再正确不过了！我无数次感谢上帝，谢谢他把菲斯赐予我们！

佛罗里达州《动物魅力》节目的录制工作接近尾声时，我们接到了《奥普拉秀》制片人的电话，他说要来我们家（其实是特鲁迪家）见我。一周以后，我们见面了，他们也录制了B-卷录像带，在这段视频里劳拉和凯蒂领着菲斯去了一些公共场所，拍了宠物店，去了星巴克，还到了当地一家图书馆。在图书馆，我们坐在儿童阅览区一个超大的椅子里，给几位碰巧在那儿的小读者读了几本书。真是些漂亮的孩子！有三姊妹围坐在椅子旁，又是说又是笑，一边读书还一边抚摸着菲斯。菲斯也会踢踢她们，当孩子们读书给她听的时候，她也是一副自得其乐的样子。平时只要有机会我们也很乐意读书给菲斯听。菲斯不是R.E.A.D机构的狗，R.E.A.D的意思是阅读教育辅助犬。我们和这个机构并没什么关系，但我们做的工作却是一样的。我们让学生以及

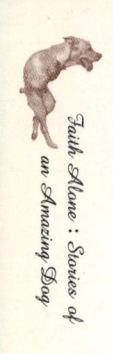

一些大人给菲斯读书,因为他们不好意思在别人面前大声读出来。我是名教师,有时候我会要学生们对着菲斯读书而不是我,因为如果他们读漏了或者读错了,我脸上肯定露出一副批判的表情,而菲斯不会判断任何人的对错。菲斯反正也弄不清,他们哪里引述错了,哪里读错了,甚至在读文章时换错行,她也不会知道。她就坐在那里听他们读,偶尔也发出叹气声。她还时不时地打个滚,让读书的人摸她的肚皮,我敢肯定她这是想试探他们,看他们是否能有精力干两件不同的事。菲斯就是这么聪明!

为《奥普拉秀》录制 B - 卷录像带的情况大致就是这样。我记得当时我还安慰劳拉,如果有什么要跟奥普拉说的,私下里尽管跟她说,不要有顾虑。因为这档节目的制作人只邀请了我和奥普拉同台,却没有安排劳拉。我想方设法想让劳拉上台或者至少出镜亮个相,因为菲斯毕竟是她的狗嘛。但是信不信由你,人们总是爱听大人说故事——我觉得挺奇怪的,但事实却是如此。就在我要带着两个女儿和菲斯飞往芝加哥参加《奥普拉秀》的当天,我生病了,而且很严重,没法坐飞机。我真的死也没办法登上那架飞机,所以我们只好改签了当天晚些时候的航班,希望到那时候我的偏头痛能不发作了。可这病就是不消停,我只好慢慢地开着车送菲斯和女儿们去机场,一路上对劳拉千叮咛万嘱咐,因为几小时后她就要面见世界上最棒的电视节目女主持人。一开始劳拉还不怎么紧张,但是当启程的时间越来越近,她才意识到我是真的不能陪她上飞机了。她答应一定会在这几个小时里好好指导凯蒂,教她如何跟世界上最棒的电视节目女主持人交谈。接下来就由凯蒂指导菲斯如何单独接受采访,这样劳拉就可以全力以赴地在飞机上做热身练习,准备好与奥普拉的谈话内容。

那天劳拉、凯蒂和菲斯到得很晚,而第二天一早就要上节目,所以她们一落地就被匆匆送往奥尼酒店,那可是她们住过的最高级的酒店,有豪华轿车接送她们,有美味佳肴给她们享用。不过她们也得到通知,必须打起精神,作好准备,因为早上六点四十五就要动身,也就是说她们只有四个半小时了。她们的确准备不错——手里端着绿茶功能饮料,肚子里塞满了水果和烤麸蛋糕,孩子们和菲斯都盛装出场,大家对她们照顾有加,在开机前还最后指点她们如何应答奥普拉的提问。当奥普拉第一次见到菲斯,她大吃了一惊,而菲斯走上她的舞台时奥普拉这个最了不起的电视主

持人居然哭起来了,她用手捂住嘴巴足有一秒,接着她又捂着自己的胸口。她看到菲斯跟着劳拉一步一步迈向舞台中央的两张凳子时,她连声说了好几遍"我从来没有,从来没有,从来没有……"。再次令她意外的是,菲斯居然又忽然站起来,准备离开舞台,因为她发现凯蒂就坐在她正对面呢。

至于节目里要提的问题,他们并没有事先全都向劳拉交代清楚,而有一个她很希望被问到的问题又一直没有提。但是劳拉在台上应对得宜,她解释了为什么菲斯舌头上有斑点,还告诉奥普拉菲斯是如何成为"阅读教育辅助犬"的(当然我们知道其实她不是)。劳拉当时还是有那么点紧张;她向奥普拉举了一个例子,详细解释了一下——一些来自墨西哥的留学生总是羞于在老师面前大声朗读,却学会了当着菲斯的面朗读起来。B-卷录像的视频按照时间先后,精彩地展示了菲斯各个阶段的生平,让观众很是过瘾,而同样让他们赞叹不已的是菲斯的表现,无论是面对镜头还是闪光灯,是对着话筒还是在人群中,她都表现得非常得体。即使在台上也是从容自在,落落大方。我们经常开玩笑说要在家里装上假的摄像机和镁光灯,等菲斯从附近散步回来,就能好好感受一番。

我们是在2006年5月18号录的《奥普拉秀》,节目第二天就播出了。这期节目讲述的都是一些令人惊叹的故事,除了菲斯的故事以外,其他都是关于人的经历。八岁的小男孩差一点就死在他爸爸的手里,而且还亲眼目睹了母亲的遇害,可是这个小男孩却表现出不属于他那个年纪的勇敢和坚强,他自己想方设法拨通了911报警电话,让警察能赶来救他。有位患有图雷特抽搐综合征的老师年复一年坚持从教,还被评为了年度优秀教师。还有一个人在登山途中被巨石当场砸断双腿,却奇迹般地得救了。虽然他失去了双腿,但仍以超乎寻常的方式继续着他作为普通人的生活。他现在还登山呢!我常常惊讶,菲斯居然也和这些人一样,做了那么多了不起的事情。菲斯毫无疑问是个奇迹,但是她却只是一只每天蜷缩在我床底下晚上向我讨食吃的小黄狗,想到这我不免有些汗颜。当然,我知道她绝不仅仅只是一只小黄狗,只是我和她朝夕相处过于亲近,以至于我经常是只见树木不见森林,忽略她的其他方面。

《奥普拉秀》的这一期节目首播之后又重播了数遍,不

管是在宾馆、饭店,还是在街上和机场,无论什么地方,总有人走上前来,问我们菲斯是不是就是那只他们在《奥普拉秀》里见过的狗。我们说这就是她,但也有时候也跟人开玩笑说:"这不是菲斯,而是她的双胞胎姐妹叫希望。"但他们才不信呢。这其实也挺好的,我们就不应该拿菲斯开这样的玩笑,万一她知道了怎么办。奥普拉把菲斯的图像贴在网站上,还在她的书单里列出了我的那本《和菲斯在一起》,你们可以浏览她 2006 年 5 月的网站内容。如果能有机会亲自见见奥普拉或者能够参加她的节目,还真是不要错过。她是我接触过的最优雅、最有灵气的女人。唉,要是在飞芝加哥的那天,我没有生病就好了。也许哪一天,我还能遇上她,跟她把这事说笑一番,我知道菲斯也喜欢她。奥普拉和节目组的人送给菲斯一个有黄蜂图案的项圈,她就得意扬扬地戴上啦。

第十六章　和世界名犬菲斯一起出行

如果你接到电话或者电子邮件邀请你在约定的时间去接受采访或者录电视节目,上节目之前却有许多事情够你忙的。菲斯绝非全世界第一只跟主人一块儿坐在飞机客舱里旅行的狗,我肯定这样坐飞机的狗还有很多,事实上我们就认识这么一只——会玩滑板的牛头犬迪森,他就曾和"爸爸""妈妈"一起待在客舱里。要让我的狗狗坐在客舱里得这样:首先,菲斯是名犬,所以必须在向旅行社订票时申明这点,否则它会被登记为普通宠物。普通宠物不可以坐在座位上,只有被装在板条箱里才能待在主人座位跟前,而且不可以出来自由活动,也不许叫,但菲斯跟我们长途旅行很多次了,都不必如此。

和菲斯一块儿坐飞机挺有意思的,但要是预订机票时弄错了就会很麻烦,我得多等很久让别人打电话啦,进行安

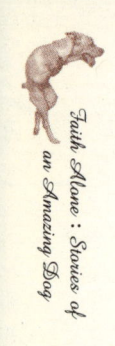

排啦,等等一些烦琐的事情。过去我常常自己安排行程,但是机场的订票员还是出错了好几次,而我还得为不能按时到节目现场负责,我可不想这样了,所以现在不管是谁邀请我们做节目,我都让节目主办方安排订票这类事情,当然我可以给他们提供建议。我要交代的第一点就是,尽量给菲斯预订美航的机票,因为菲斯经常乘坐美航的班机,而他们的工作人员也都已经认识了菲斯,他们会将菲斯主动登记为名犬,而不是普通宠物。因为普通宠物要获得在美航的订票处被登记为名犬的资格,必须符合美航航空公司手册中所开列出的林林总总的条件。但其实也只有一次我和菲斯在飞机上遇到了麻烦,机上工作人员硬说菲斯不符合条件。猜猜是哪次航班?对了,就是那次把我们安排在芝加哥机场附近假日酒店的航班——那天的安排实在是有欠妥当——也只有那次航班的工作人员质疑过菲斯的名犬地位并扬言要赶我们下飞机。自此之后,我们还坐了十几次美航的飞机,我还得到一位他们公司机长亲笔申明的复印件,他希望机组成员在任何环节上都不要为难菲斯,并且注明菲斯具有"永久性"的"名犬身份",应当获得与其身份相当的待遇。我得承认,每当我们提前登机或者走那些通常为电影明星以及诸如国家元首和政要等公众人物们预留的通道时,我都觉得挺爽的,还有那么点非同一般的感觉。

有一次我们乘飞机离开达拉斯(我得绞尽脑汁想想我们当时是飞往哪里,因为进出达拉斯太多次了),我们预订的是麦道80型飞机的七排D座,菲斯坐到自己的位子上之后,就开始去嗅经过她身旁的乘客。通常我们会提前登机,以便能有时间让她坐好,并且绑在座椅上。同时也可以赶在其他乘客到来之前把搬运过来的行李安放好。她老是朝着一位男乘客嗅,当这位乘客站到菲斯身边的时候,她几乎叫了起来,还一个劲地把鼻子朝他的一条裤腿上凑。我必须得承认,当时我真是挺尴尬的。我只好把菲斯拉过来,朝这位乘客歉意地笑了笑。我费劲地想转移菲斯的注意力,但她就是不放过他,还是一个劲地嗅,叫的声音也更大了,最终这位乘客只好自己动手把她推开。就在他推开菲斯的时候,菲斯好像还咬到他身上的什么东西。这就让我纳闷了。最后,那位男乘客不得不换到我们后面一两排的座位上。我从未发现菲斯对哪个人的裤腿这么大反应,于是就给空姐写了张条子,几分钟后空姐回头找到我,在我耳边低声说那位男乘客的小腿口袋里装有大麻烟卷。量不大,但足以引起菲斯的注意,空姐要求他在下飞机前把大麻从厕所里冲掉。我猜也许空姐还说了,她会要求他再到菲斯身

边走一趟,这样就能确认他扔了没有。我的确注意到,该男子在飞行中起身离开过座位,而且当时还笑着摇了摇头。如果需要的话,菲斯没准还能从事完全不同的职业呢。谁知道呢?我是当老师的,我知道很多学校都会把缉毒犬请进教室。我突然想起来,那些缉毒犬也是拉布拉多犬。菲斯一定从她父亲那里获得部分拉布拉多犬的遗传,因为很显然她天生就是一只缉毒犬,还有她那不管不顾的倔脾气——一路追着鹅群跳进水里,却没想到自己不太会水,没法游上岸。我们经常提到她父亲,说是一只很帅气的黄狗,也很爱从围栏上跳进跳出。

当菲斯在天上飞的时候,确切地说是她乘着飞机穿越高空时,菲斯表现得很安静。即便引擎轰鸣,飞机在气流中颠簸,她也不过就是趴在那里咕噜两声。有时候她会小睡一会儿,有时候则喜欢听听后面传过来的孩子们的嬉笑声。如果空乘人员准许的话,时不时还会从座位站起来,在客舱前部转悠转悠,弄得一些乘客都好奇地伸长脖子来看她,还喂给她一些花生和糖果(而头等舱的乘客就得扭着脖子回头来看她了)。而CRJ 70型飞机没有头等舱,我们就坐在第一排,这样菲斯可以和前面的空乘人员多多接触。

前不久我们从克利夫兰到达拉斯的航程就挺有意思的。我们的服务员是两个大帅哥,迪托和山恩,虽然个头高矮不一样,但在幽默感上却是旗鼓相当,简直就是飞机上的笑星,而且又都那么干净利落、清秀俊朗。迪托想弄一本杂志看,结果他找了一本《摩登新娘》,还顺嘴开了几句玩笑,说他也可以打扮成新娘,接着同机的一位美女红着脸说,她觉得迪托扮摩登新娘还没她漂亮呢。迪托马上说这杂志他再也不看了,送给这位美女得了。当时飞机上的人都在哈哈大笑,菲斯也合不拢嘴。她一看到别人笑就把耳朵竖起来一点,然后张嘴绽开笑容。山恩看到她嘴巴笑得那么大,就给了个俏皮的评论,迪托也不失时机地接了茬,回了一句,具体什么内容我不太记得了,反正大家听完之后笑得更欢了。这两个小子简直可以到处去演戏了,不过他们的空中工作的确干得漂亮!

又是在达拉斯,这种事每次都发生在达拉斯,我们计划要转机飞回俄克拉荷马市,这时候通往登机口候机大厅的门打开了,从里面走出来一位空姐。她叫琳,年约四十,相貌出众,身材娇小可人,一袭蓝色制服配着丝袜高跟鞋让人

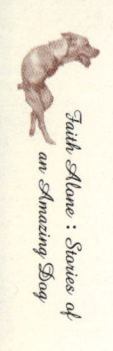

眼前一亮。一出门,她就在登机口附近,四处寻找起来,因为她听说那只两条腿的小狗菲斯正在门口等候飞机降落,正要搭乘她的这趟航班。我不清楚空姐是否可以先于乘客下飞机,但琳就是飞奔着下了飞机,直奔登机口处来找我们。她一看到我们,就立刻蹲下来问我,是否可以抱抱菲斯,其实她当时已经抱住了,接着她哭了。那天是她的生日——她本来在芝加哥,但有人告诉她菲斯要从别的地方来达拉斯转机回家,于是她放弃了芝加哥到达拉斯的工作航程,放着免费的工作航班不坐却穿着制服以乘客身份飞到达拉斯来见菲斯,而见面的时间总共不到七分钟。但是她开心极了,我们为她拍了照片寄给她。就在和我们见面后不久,她和丈夫去了一趟意大利的公婆家,她告诉每一个人关于她遇见菲斯的事情,还给大家讲她从电视上看到的所有关于菲斯的趣事。后来她给我发邮件说,出乎她的意料,意大利婆家的人也在电视上见过菲斯,他们国家的人也制作和转播了有关菲斯的电视节目;她还告诉我,他们嫉妒她居然亲眼见过菲斯这个人——不对——是这只狗。

菲斯在飞机上一般不出声,一点动静都没有,不叫也不闹。我们常常忘了身旁还有这么个小乖乖,直到有人把我们摇醒要求跟她合照。我们当然答应了,我们从不阻止人们和她合影,只要他们高兴,尽管拍几张好了。但有一次我寄给别人的照片出现在一堆待售的 T 恤上——这是个麻烦事,但我们很快就处理好了。因为菲斯已经是注册商标了,所以大多数的人是不会去利用她的形象的。

飞机一着地,菲斯的表现就有些不一样了,应该说大大地不一样了,因为此时她可以嗅到亲人们的味道了——鲁本那小子啦,凯蒂和劳拉呀,还有爷爷奶奶呀,都是这趟没有跟我们一块儿出行的人。这时候,那只通常温顺、甜美又安静的小狗一下就大叫起来,发出尖利的吠声。哪怕那个人已经把她揽在怀里了,她还是朝人家嚷个不停。必须得制止她了!她的尖叫声大得不能再大了。都有人停下来,瞪着她,对她指指点点,还笑她呢,或者干脆躲开点……这会子她真是发猛了——但是在空中,她就是安静。

第十七章 军事基地、狗狗欢乐日与医院

在菲斯还小的时候,我们就开始带她抛头露面了,我们的初衷只是希望菲斯的故事能带给人们治愈心伤的力量。最先邀请我们的是当地的教会组织,他们会定期组织一些针对青少年团体的咨询见面会,在这些见面会上,孩子们会对他们的心理导师敞开心扉,倾诉他们内心的绝望和对生活的无助。往往这个时候,菲斯会出其不意地出现在他们面前,给在场的人们一个对未来充满希望的理由——她给他们一个大大的微笑——尽管她无法伸出双臂给他们一个温暖的拥抱,也无法握住他们的手,但她可以撼动他们的心,用自己的故事告诉他们——只要你自己不放弃,就没有人可以拿走属于你的快乐!

"天使圣诞树"是俄克拉荷马州伯利恒市第一新教教会所创立的一个非营利性公益组织,该组织每年都会在圣诞节为一些来自特殊家庭的孩子们发放圣诞礼物。这些孩子的父母亲由于各种原因身陷囹圄,无法在圣诞节期间陪伴他们,给予他们应有的关心和爱护。菲斯就曾应邀在这样的一次场合中参加表演,那次的演出大受欢迎,以至于后来她一再地收到演出邀请。我和菲斯也很希望看到这些极度需要帮助的孩子们——而我也相信菲斯天生就是为了给人们带来帮助的。他们的问题虽然不是菲斯所能解决的,但至少她可以让孩子们觉得自己能够迈过这道坎,度过这段最艰难的日子。就让上帝安排他们的人生吧,总有一天他们会因此变得更加坚强,那些原本无法忍受的艰难坎坷,他们也能够勇敢面对。如果一只小狗尚能如此,如果上帝都能眷顾一只小狗——那么他也一定会眷顾一个孩子。

我们和菲斯出席了很多类似的场合,像上面提到的天使圣诞树节目就是菲斯最初参加的一次表演。在这场节目中,我被邀请简略地讲一讲菲斯是怎么来到我们身边,她身上有什么特别之处,以及怎样让她来宽慰人心。我还说到,生活是很不容易的,对于我们所经历的一切到底意味着什么,上帝往往借由我们身边的人,有时甚至是一只动物来给我们启示——这一小点其实就是我演说的基本主旨——我

准备就这么说下去，而就在那时，一个男孩跑过来问我的狗叫什么名字。我告诉他这狗叫菲斯，他却告诉我他妈妈也叫菲斯。他还跟我说，尽管他妈妈坐牢了，但依然爱着他。我当然明白这孩子的妈妈一定是爱他的，于是告诉他："孩子，你妈妈当然是爱你的。"小男孩还问我，菲斯有没有妈妈。我告诉他菲斯已经没有妈妈了，劳拉是菲斯的人类妈妈，而我大概算是她的外婆。这孩子微笑着摸摸菲斯的头，在她耳边小声说希望圣诞老人能送给她一个新的狗妈妈来疼爱她。这段小插曲如此甜美温馨，它提醒我：孩子们总是有自己的思维方式——他们会以不同于成年人的心态来面对得失。尽管这个小男孩的妈妈已是失去自由的囚犯，但他爱妈妈，他相信妈妈也爱他。而且这孩子在圣诞节的时候，更多地是为菲斯着想，他希望圣诞老人送给菲斯一份如此特别的礼物。孩子们心里总是有一份无私的真情，而正是菲斯将他们的这份无私从内心里激发了出来。

还有一位来自华盛顿州刘易斯堡的十一岁女孩，她问我：如果她将来上了大学能不能治好菲斯？我告诉她，她真是个可人儿，竟能有如此美好的想法，但是菲斯先天性的前肢缺陷是无法治愈的。而菲斯也不愿用义肢或者套上推车辅助行走,她就爱用后腿站起来走。我还向她承诺必要的时候,我们会给菲斯安装推车的。女孩一脸严肃地说,她一定要读大学,给菲斯做世界上最好的推车。我当然接受了她的好意。

另外,我们还去了一些军事基地,例如西雅图市刘易斯堡陆军基地就是其中之一。我们之所以去这些军事基地,就是为了向军人家属们展示菲斯如何竭尽所能学会走路的。我们接到这样的邀请一般都是在这些军人们即将被派驻海外执行任务的时候。我们去过的军事基地有刘易斯堡、麦考得堡、塔克尔空军基地和德州沃斯堡的卡斯威尔空军基地。仅仅是今年我们日程上已排了至少六个要去的基地,而且还将到刘易斯堡的军人合作社面见帕特里克。遗憾的是由于行程安排上的问题,我们今年夏天没能去圣安东尼奥进行表演,不过我们很快就可以如愿去德州的戴维斯堡。

每次去军事基地,我们往往会散发一些《和小狗菲斯一起》(第二版)的传单。有时书店的订单多达几百本,整整一天我都坐在小桌上签售,而鲁本和我的两个女儿当场回答

关于菲斯的各类提问：她怎么走的，狗屁股是什么样，她多大了，我们怎么收养的她，还有她到底是什么品种的狗，等等诸如此类的问题。在刘易斯堡还发生了一件不可思议的事情：菲斯被授予美军中士军衔。除了表示祝贺之外，军官们还在马迪根部队医疗中心，在几百名观众的见证下，为其举行了授衔仪式：臂章条纹等等一应俱全。我知道在军中列兵不用向中士行礼的，但我时不时叫鲁本向菲斯敬礼，而菲斯看上去也是相当受用。

我们最近的一次旅行去了克利夫兰，到俄亥俄州的灵缇犬收容中心去参加他们举办的一场激动人心的盛事——狗狗欢乐日！成千上万的人一下子朝菲斯和劳拉涌过来，把她俩围得水泄不通。劳拉顿时被这场面吓住了。她开始慌张地应答这些人的提问，我注意到她那双棕色的大眼睛当时瞪得圆圆的，还时不时茫然失措地看着这一切——她真是吓得不轻。我们决定对这样全方位接触的交流模式做点保留，就用一排小围栏将劳拉和菲斯与人群隔开来，这样劳拉就不用担心自己会受到伤害，也不用害怕菲斯会受到过分的搅扰。第二天我印刷了一份常见问题答案的小册子发给蜂拥而至的人群，一方面给等候中的人们打发时间，另一方面避免一些问题被问了又问。从附近城里来的派蒂和罗恩·黑泽尔夫妇当时也给我们帮了不少忙。他们俩有一条很棒的拉布拉多和金毛犬杂交的狗叫葛迪。整整两天的时间他们坐在我们的帐篷里,无偿为我们解答人们的提问,同时也向我们提了一些问题。我得讲个罗恩的趣事,我第一天穿了一件浅蓝色T恤,胸口上大大地印着俄克拉荷马大学的校徽。他当时问我是哪个州的人,我回答"俄克拉荷马州",边说边把T恤扯起来给他看。他礼貌地笑笑,搂着他太太解释道,他一般是不会去看女人的胸部的,所以不能怪他不知道。他可真够机灵的!

在狗狗欢乐日,有数以千计的人来看菲斯,除了几个有点古怪的参观者,我们遇到的大多数人都是全心全意爱着自己狗狗的养犬人士。灵缇犬欢聚日也同步进行,而欢乐日的所得收益全数捐给了俄亥俄州灵缇犬收容中心。欢乐日上供出售的有T恤、茶杯、小挂饰和塑像等纪念品,当然也有点心提供,诸如蜂窝煎饼、曲奇饼、蛋糕、冰淇淋、馅饼和可乐,所有展位在主街两旁搭起棚子,在我们的棚子前还播放着喧闹的摇滚乐。我们爱这里的每一分每一秒。

小狗菲斯

第十七章 军事基地、狗狗欢乐日与医院

正如我早先在书中提到的,滑板狗泰森和菲斯一样拥有坐在飞机客舱的特权,我们正是在这一活动中了解到这一点的。在欢乐日上泰森是最吸引观众眼球的。他非常了不起,比我们想象中的要大一点和高一点,他又结实又富有生命力,信不信由你,泰森的狗屁股是我见过的最好看的。他屁股两侧的狗毛翻卷,颜色和臀部露出的皮色很搭,你可以上网搜索他的照片。能在这里遇到老相识,菲斯觉得很荣幸,他俩一下子就混熟了——互相嗅嗅对方,一块儿四处转转,用狗语互相哼哼唧唧。泰森哼哧哼哧,菲斯就呼呼哈哈,彼此都觉得对方相当有趣。泰森最爱滑板了,我来说说他和滑板的趣事。我们曾一块上过一档俄亥俄WEWS电视台五频道的节目,在场的有主持人阿里西亚·布斯和杰克·马沙尔以及栏目监理克雷格·米勒。泰森被邀请自由表演,狗爸吉姆把他最爱的滑板往录影棚地面一放,哇塞,泰森一跃而上,滑出了场子,再用嘴把滑板叼了回来,还一个劲儿哼哧哼哧喷着鼻息。他在滑板周围蹦来蹦去,一门心思要踩上去,但录影棚空间不够,我们转场去了门口人行道上。一上人行道,天哪,泰森就开始大显身手。托尼·霍克恐怕都要自愧不如。抱歉这么说,托尼·霍克你的确是个滑板高手,但是泰森在现场比你的风头更劲,简直是炙手可热！人们竞相围观，都端着相机从路旁的车站赶过来，还有人用远程摄像机把这个开心果的表演都录了下来。要是以菲斯的性情，她肯定要和泰森做一辈子的好朋友。可惜啊，他们一个在西海岸一个在西南部——但我敢保证他们心里都珍藏着对彼此的深厚情谊。

参加狗狗欢乐日是让人们近距离亲身接触菲斯的绝好时机，我们会尽量方便大家接触菲斯，同时又不会太吓到她，而她的表现也为自己赢得了不少奖励，总是有参观者到我们的棚子里给她送好吃的，有汉堡、薯条、冰淇淋和一杯杯的花生酱。这些我都不会告诉菲斯的兽医，反正他不知道，就不会生气啦！而且根据第二天菲斯在草地上拉的粪便来看，菲斯也的确没什么事。一切都挺顺利的。我记得她尝了几口欢乐日组织者发给她的纯种狗狗粮，绝大多数时间肚子都被汉堡和奶酪胀得鼓鼓的。我后来完全明白整整一星期菲斯为什么只要能站起来走路，就时刻准备着去参加这样的活动。

每当我们离开俄克拉荷马州出远门去参加活动，美奇丝就首当其冲要受苦了。我们收拾行李的时候，他总是有

所察觉,猜到我们又要走了。我们还不曾邀请他加入我们的行程,但这是有原因的。我们得让美奇丝留在家里,管着吉娃娃和猫,我肯定要是没谁管着的话,那几个家伙会把家都给拆了。此外,在雷雨交加的时候还能有谁陪着鲁本呢?更糟糕的是,万一他趁我们不在家,突然来个派对什么的,那该怎么办?是的,美奇丝会尽忠职守,他向来明白事理,所以自豪又顺从地接受了自己的任务。当我们回家时,迎接我们的是家人的爱与拥抱,还有摇头摆尾的狗狗和猫咪,小家伙们争先恐后地只往我们脚间和箱子底下钻,拼命地邀宠撒欢。我经常在想,如果也要求美奇丝去参加一次活动,他该怎么办呢。因为没有受过适当的乘机训练,这可怜的家伙会被要求待在货舱里,或者关在客舱的板条箱里,而且因为他明显偏重几斤,还不允许进入客舱呢。跟菲斯比起来,他的待遇可就差远啦。因此,我更乐意让他留下来,替我看着吉娃娃和猫,守着家和我儿子。不管怎么说,这任务再适合他不过了,他可是结合了腊肠犬血统和和比格犬血统——所以,美奇丝就是最完美的!

和菲斯在一起,总会经历一些让人激动的时刻。有几次,我们带她去医院看望要接受化疗的病人。院方要我们先在一旁等候，待病人作好准备进入治疗室时，再去见他们。有时候他们还要我们等到治疗结束，这样病人在送回病房之前，还可以再次摸摸菲斯。病人们在做完化疗之后，很少跟我们说话，他们要么太虚弱，要么就是完全虚脱，但是只要他们知道菲斯在那里，就会伸出手来静静地抚摸她。而菲斯也从来不怕正在接受治疗的病人。有时菲斯见到男的也会害羞，但不知怎的她从未羞于与一个癌症患者相处，即使是男性病人。这也许是上天的授意，因为面对任何身体健康的男性，菲斯总是躲着他们，或者干脆绕开走。

医院这种地方总是让人有些害怕，而且我猜也会让狗狗们瘆得慌，因为他们可以感知人的各种气味、各种心情，尤其是恐惧和愤怒。而且难以置信的是，狗狗非常善于通过气味，察觉人的忧虑、困惑、沮丧和恐惧等心情。如果一只小狗对此本来毫无准备，而且要面对的是一个即将接受治疗的病人，甚至还要对这个病人表现出爱与尊重，那么对于这只小狗而言，医院更是个可怕的地方。急诊室不是治疗辅助犬应该常去的地方，因为那里总是紧急又忙乱。而在医院某些病区，病人的生活却是相当枯燥平淡，这些病人需要长期住院进行治病或疗伤。菲斯一般也不去重症监护

室和产科中心,她主要出现在烧伤科、癌症诊疗所,或儿童病房,当然前提条件是病人事先经过筛选,确定可以接触小狗,而且不会对她的皮毛或皮屑过敏。她毕竟是狗啊。

我特别记得有一次我们去医院看一个小女孩,她的背部和骨盆都骨折了。她不能坐起来看菲斯,所以我举起菲斯放在她的床上。她笑着说,她希望我把菲斯放在地上,这样她就可以练习坐起来。但是她的医生说,她要能坐起来还得再等几个星期。我当时答应她,还会带菲斯来看她的。我真的没有食言,的确回去看她了。后来这位叫安吉拉·布鲁克·辛普森的小姑娘在床上坐起来了,还能屈身抚摸我的小黄狗。她的护士告诉我,她让人从网上把菲斯的照片打印下来,贴在她的床上、她的墙上、餐桌上和病房卫生间的门上,菲斯就是她的一个动力,激励她尽最大努力争取康复! 对于这样的事情,我从不感到惊讶,但是我真的很高兴,这样的好事确实发生了。当我开车回家的时候,我的小黄狗就坐在旁边的座位上,我问她是否知道自己做了什么。不过,我想她并不知道。

第十八章　爱犬菲斯的日常生活

每当有摄制组来我家拍摄菲斯的日常生活,我都会觉得好笑。他们想让全世界看看这只最神奇的狗,而既然是只神奇的狗,就必定会过着精彩纷呈的奇妙生活。没错,有时候她的生活的确很精彩——不过那都是我们外出旅行的时候。但是我得跟你坦白,此时此刻,就在我写这本书的这会儿,我的那只赫赫有名独一无二的奇犬,正在我的床底下撕咬着床垫和床板。我不得不时常更换这些东西,免得床塌下来压着她。她每天有14至16小时待在床底下,晚上则在床上睡6个小时。这样算来每天剩不了多少时间干别的了。如果她出去的话,就是去大小便,或者拜访一下左右的邻居,天气凉快的话也稍微散散步,但大多数时候,她都是整天待在床底下。

所以如果在床下面安个摄像机,就只能拍到菲斯的呼

吸和睡姿,这样的电视节目必定没什么特别的看头。制片人都很清楚这一点,所以在他们的镜头里都是菲斯在公园里跑来跑去,和其他狗狗追逐打闹,和孩子们嬉戏,还有去当地的星巴克。有时我们也会去远一些的地方比如图书馆和宠物商店,甚至是户外餐厅,这才是值得一拍的大事件呢。菲斯真正的日常生活其实和世界上其他任何狗狗没什么两样,她也是睡觉、吃饭、看电视,然后又睡觉,再起来到附近遛个弯,又回去睡觉。但是,当她从床底下钻出来,出发去旅行的时候,那情况就完全不一样啦!

只要我们喊一声"走啦,狗狗",菲斯就非常利索地钻出来。如果我们叫她的名字,她只是待在下面不出来,也不搭理我们,但我们发现只要喊"走啦,狗狗",她就会迅速回应我们。如果她看到我们收拾行李,她就明白我们马上要出发了。所以只要我们喊她,她就特别兴奋要跟我们走,但是如果我们不喊她,她就更乐意待在床底下。菲斯总是以为,坐上汽车多半就意味着要去机场坐飞机,所以如果我们只是带她去看兽医或者去宠物商店,她会觉得自己被骗了。我们确实也带她去过几次机场,不过那只是为了让她以为自己真的去了什么地方。我们带她穿过俄克拉荷马市的威尔·罗杰斯国际机场做了上十次"演习",让她觉得自己的确完满地完成了任务——我们让她和机场的旅客们见面,带她走上扶梯坐上电梯,然后没来由地在安检处转一圈,最后打道回府。她很开心,机场的人们也开心,而实际上我们根本不是要坐飞机去什么地方。而美奇丝就真是太容易满足了。如果我给他的皮项圈和外出行头上系个铃铛,他就会知道他要出门,到周围什么地方转个四五圈。不管是坐车还是不坐车,哪怕很快就到达目的地,美奇丝都会很满足。而且只要待几分钟,他就可以准备回家了。这趟短短的行程对于他来说就算是一场大冒险了,会让他足足乐上好几天。顺便说一下,美奇丝倒不是整天都待在床底下,而是花上 14 个小时趴在沙发椅背上,然后晚上在床头上再睡 6 个小时,身上还得盖着被子,而菲斯就不喜欢盖任何东西。能够和他们俩分享一张床,我可真是有福气!不管是单人床、双人床,还是加大或特大双人床,只要留给我 14 英寸宽的空间,足够我翻身就行了,而其他的空间全被他们占了。而且在入睡前他们还向我发出狗狗们独有的叹气声,警告我不得打扰,否则罪该万死,然后就岿然不动地睡着了,甭想让他们挪动一下。所以当狗狗发出那种叹气声之后,你千万别去打扰他们。我相信如果你也是爱狗的狗爸狗妈,

你会明白我说的这些。我拥有四十年的切身经验,我知道该如何应对,所以从来没想过要打搅睡梦中的狗狗。唯一一次例外是在一个暴风雨的夜里,我叫醒了他们,那是因为我有责任要保护他们。我和狗狗们之间似乎已经达成了一个协议,天气不好的时候我保护他们,而他们则替我管好吉娃娃和猫。

第十九章 媒体眼中的菲斯

接下来我将从互联网上随便摘取几篇关于菲斯的报道,也让读者能从其他人的角度理解菲斯的故事是何等的令人惊异。

来源:《狗狗特刊》
标题:雀跃欢呼吧:一只不可思议的两条腿小狗——菲斯和她家人的传奇

我们总会时不时地听到一些令人动容的故事,这些故事往往让我们永生难忘。小狗菲斯的故事就是这其中的一个,它让你在惊叹之余,又会欣然一笑。小狗菲斯学会了只用两条后腿站起来,像人一样行走。从表面上看,这似乎并没有什么非同寻常,很多小狗都可以站起来问候自己喜欢的人,甚或站起身向人索要一顿美食,但是,只有菲斯可以完全保持直立,并持续以这样的方式到处活动。她也许是

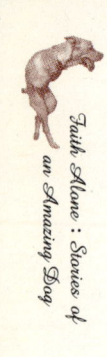

世界上第一个,也是唯一一个仅用两条腿走路的小狗。

菲斯患有先天性生理缺陷,当成为俄克拉荷马市斯特林费罗家里的一员时,才刚刚来到这个世上三周时间。像菲斯这样的小狗很少能有活下来并有机会长大的;幸亏斯特林费罗这一家子,他们都是了不起的好心人。从第一眼看到菲斯,他们就决定接受她了,也心甘情愿投入时间、精力和金钱尽可能地照顾好她。"我们是在雪地里教会她站起来的。等她可以站起来后,后腿就更有力了。然后就会跑,也会直立走了。"菲斯的小主人劳拉·斯特林费罗说道。

教菲斯怎么站起来,这不并是斯特林费罗家面临的唯一问题。菲斯的前腿已经成为残肢无法正常发育,甚至已经开始萎缩坏死,需要做手术把它们切除掉。

斯特林费罗对记者说:"菲斯今天看过医生了,医生人很好。菲斯背部和颈部有皮肤增生,而且在原本应该长腿的部位以及肩胛处都有液体渗出,医生给她做了液体引流,目前还没有感染。医生已经把她的肩膀用纱布紧紧包扎起来了,还叮嘱我们不要让她把绷带扯下来。就算她不喜欢,也得把这个部位压住。这个星期她就比上个星期要走得稳啦。我们相信医生说的,她很快就能好起来,继续活蹦乱跳了。"

菲斯在近几个月开始声名大噪,并有望出现在《今日秀》节目里,但不幸的是由于纽约大面积停电这一期节目取消了她的出场。

菲斯还是一只"大狗运动员",她还代言了在加州圣巴巴拉城举办的"大狗运动会"①,裘德报道说:"由于其名犬身份,她受到特别优待。组织者会让她在明年春天与众多的参加者一块儿跑步。"

来源:BBC——2006年9月4日
标题:电影《哈利·波特》有望与一只残疾狗合作

据报道,电影《哈利·波特》的下一部将考虑邀请一只学会像人一样用后腿走路的狗出演其中一个角色。菲斯的

---

①大狗运动会(Big Dog Sports)是专为休闲人士举办的体育娱乐活动。

主人在美国的俄克拉荷马市,他们认为这个相关角色就是让她出镜时像是被施了魔法,但斯特林费罗家说,该电影的英国驯兽员还没有敲定有身体缺陷的菲斯具体演什么角色。这只身高三英尺的小狗甚至还配有专门的演艺法律顾问。瑞奇·雷克脱口秀已为她录制了专题节目,这期节目一经播出就引起了世界各地众多新闻媒体的兴趣。

菲斯用滑板学走路

电影《哈利·波特》的第四部《哈利·波特与火焰杯》的工作人员已经和这家人有了初步的接触,该电影目前已经在英国开拍,但还没有最后确定菲斯的拍摄计划。这只十九个月大的小狗是拉布拉多和松狮犬的混种,她被斯特林费罗一家收养时才三周大,当时她正面临被母狗遗弃和加害的危险。由于天生残疾,她的前腿无法正常发育。在接下来的半年时间里,斯特林费罗一家教她学会了站立和蹦跳,并最终学会了用两条后腿走路和跑步。这家人对一家美国报纸介绍说,其中一个训练环节就是把她放在滑板上体会运动的感觉。菲斯还接受了手术,切除了那两个发育不全并且已经开始萎缩坏死的前肢。

来源:俄克拉荷马州俄克拉荷马城 KFOR 电视台 2003 年 6 月 23 日

标题:值得我们起身喝彩的小狗传奇

有时候你总会听到一些让人难以置信的事情,就像我们马上要讲的这个故事一样,但这一次我们会让你亲眼目睹,不得不信。故事的主人公就是一只俄克拉荷马州的小狗,但这绝不是一只一般的狗。她的小主人劳拉·斯特林费罗说:"她既贪吃又爱玩,真的被我们宠坏了。"有请菲斯!这的的确确是一只彻头彻尾的狗! 只是,稍微有那么一点与众不同而已!

"她很了不起。"斯特林费罗说。菲斯站起来像人一样直立行走啦。

"当她三周大的时候,我们收养了她。她的脚还没有正常发育完全,"斯特林费罗说道。所以菲斯并没有意识到自己有什么特别之处,然后就开始用其两条强壮的后腿学走路。斯特林费罗介绍说,"我们在雪地上教她站起来。她可

以站起来后,后腿就更有力了,然后她就会跑,会走了。"

从此以后她就一发不可收拾。"感谢上天的恩赐。"她说。菲斯是上天赐给他们一家人的礼物,全家人都从未想过要放弃她。"以后如果我搬出去,肯定会带她一块儿走的。"她说。菲斯现在还是个没长大的小家伙,才7个月大就倔劲十足,追起猫来的时候,绝不逊色于她的同类。

完

网上关于菲斯的报道有好几百个,这三则故事只要在谷歌上搜索一下就能找到,而且我想,任何搜索引擎,只要你输入关键词"狗狗菲斯"或"两条腿的菲斯",立马就会有几百篇报道弹出来。我们家的人如果有空也会自己上网搜一下关于她的新故事,或者读一点以前的老故事。一想到有这么多人都在想着我家的小狗,写她的故事,我就很高兴。完全可以肯定,是菲斯给了我生活的激情和动力,而且从网上获得的证据也无不表明,菲斯的故事也感动了全世界的人们。

第二十章　说一说菲斯的那些小趣事

趣事一：把鹅追进湖里。菲斯 6 个月大的时候，我们第一次带她去公园看鸭鹅。当时我们还不清楚，她会如何反应，所以就紧紧扯着她的项圈，让她一边用鼻子探路，一边慢慢地接近那些鹅。而实际上，菲斯根本就慢不下来。她拖着皮带向前跑，因为太使劲了，竟然挣脱了项圈，直接冲向一群又大又肥、嘎嘎直叫的加拿大鹅。菲斯一门心思就想把它们赶进湖里，却没有停下来先想一想自己还少了两只前腿呢。她的左前腿的确还连在身体上，但仅仅是耷拉在背后而已，菲斯从来就没办法用它来走路或奔跑。我们不知道她当时是怎么想的，只见她一路狂奔，都冲进湖里了也不停下来——一时间水花四溅，鹅群拍翅逃散，满池子都是扑扇的翅膀和荡起的水波。

菲斯下水没多远，水就淹过了脖子，这下碰到麻烦了。

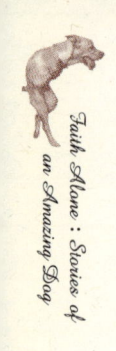

她慢慢转过头来,看着劳拉,而劳拉正在疯狂地朝她挥手——她的手里还攥着狗绳呢。劳拉见状,立刻扔掉狗绳,跳进水里,好在湖水只有齐腰那么深。劳拉想把菲斯拖上岸,而菲斯还是乐不可支地在水里捣腾。她咧开大嘴,伸着舌头,开始像小人鱼一样一个劲儿地朝前拱。劳拉下意识地放开手,于是我们第一次看到了菲斯游泳的样子。不过她那泳姿,我就不敢恭维了,确实不怎么好看。她把头埋进水里,再用两条强壮的后腿向后一蹬——就像我们在动物园看到的海狮一样。她不是像海狮那样翻过身子在水里快速滑行,而是像他们一样一扭一扭地摆动身体,最后竟然能完全靠自己游起来。虽然没游多远,可都是他自己游的。既然能游泳了,我们也就不用担心了,下次她要是再想去追赶鹅鸭,就算掉到水里也不用怕她有危险了。当然这种把戏她一逮着机会就会大显身手的。我们也一直觉得她到底还是像她爸爸,多少有那么点拉布拉多犬的风范。

趣事二:菲斯帮人躲过车祸。那天,菲斯像往常一样,用她的两条后腿四处闲逛还朝着路人们微笑。突然,她身后不知从哪里蹿出来一个人,吓得她丢了魂似的,一下子挣脱了我,然后一路狂奔穿过停车场,她脖子上的狗绳都扬了起来,在风中不停摆动。我赶紧追了过去。这时候另一个人正准备走下路缘,穿过街道,到我们这边来,看到这一幕就停下来了。他幸好停了下来,因为有一辆车忽然拐过来,尖叫着冲进了我们刚路过的停车场。如果当时他已经走上了人行横道,那他肯定会撞上。幸亏他见到菲斯就呆住了,要不然就没命了,这样说来菲斯也算是救了他一命吧。

趣事三:菲斯去看大西洋。我们当时在佛罗里达州杰克逊维尔,在潘里奇电视台拍摄一个叫做《动物魅力》的节目。我们拍的是PBS电视网新一期《动物魅力》节目,即第102集,该节目非常有趣。摄制组首先带我们飞到了杰克逊维尔,然后为我们租了一辆车。在我们打算去机场准备回家之前,我的女儿们决定驾车参观一下杰克逊维尔,数数我们能找到多少星巴克,还要去海边看看。劳拉和凯蒂好几年都没见过大海了,而且她俩也从没去过佛罗里达北端的海滩。上一次去海边还是她们七八岁的时候,那一次去的是非常南端的海岸。所以她们很想去看看那里的沙子是不是一样的,码头有什么不同,商店和船只又有什么区别。而我则从没见过大西洋,我只见过太平洋,而且我上次看到大海还是在我单身没有孩子的时候,那时候我还住在加利福

尼亚的好莱坞,做单口相声演员。所以我们都很开心,而菲斯也将第一次看到大海。

我们上车,沿着公路一直开,虽然我们知道我们的方向肯定没错,但是这路程似乎也太远了。车开出了10英里,11英里,12英里,我们觉得海滩应该越来越近了。菲斯受不了了,开始叫唤起来,我们用几天前在飞机上拿的"奇吉"①饼干安抚她。终于,我看到了一家"乔氏螃蟹小屋"饭店,还有一条叫第一大道的街。既然有第一大道,那么很有可能就有第零大道,也就是海滨大道!没错!我们马上泊好车,冲出车门,可就在我关上车门那一会,下雨了,一时间就暴雨倾盆,完全不是那种轻轻洒落的感觉,雨点又急又密,似乎比拳头还大,狠狠地砸在我们身上。我们想方设法冒雨前进,大家都铁了心非去海边不可。菲斯这一辈子不可能每天都能看到大海。所以就算让菲斯从头湿到脚又如何呢?也许她的切身体会并没有我们想象的那么难受,看看她追逐海鸥的样子就知道了。

---

①奇吉:Cheez-it 此处为音译,非该品牌的注册商标名。

到处都是海鸥,在空中飞来飞去,时不时俯冲下来捕捉浮出水面的小鱼。眼看机会来了,菲斯在沙滩上开始跑来跑去,只想逮住一只海鸥,要不然它就飞上空中,逃走了。我不知道如果她真的抓到一只海鸥,会怎么处置她的猎物。不过我根本犯不着担心,海鸥能在空中飞,而且速度很快,菲斯只能在沙滩上跑,再快也追不上它们,并且雨点像子弹一样扫射下来,打在菲斯身上,但海鸥们似乎若无其事。雨来得快,去得也快。雨停了大约几分钟之后,我们就沿着海岸线散步,捡贝壳,收集一些我们认为是远古生物的小碎片。我相信这些碎片只是一些鱼的碎骨而已,鱼类可不像海鸥那么运气好,总是能躲开危险。我们在一块岩石上发现一大簇贝壳,但我们没有把它带回俄克拉荷马,因为我们不确定它会不会吓到菲斯。菲斯对着那一簇贝壳咬了两口,就跑开了,接着对它汪汪直叫,又把它推来推去。一开始我们以为里面有只螃蟹,而那正是菲斯不喜欢的东西。这时一对非常可爱的新婚夫妇沿着海滩朝我们跑过来,他们是阿根廷人,当时正在佛罗里达度蜜月。那天我们几乎是这个海滩上唯一一批造访者,除了我们之外就是一群海鸥,一个金发碧眼的美女,风雨无阻地来海滩锻炼,最后就是两个从"乔氏螃蟹小屋"里出来的人,他们也欣赏了菲斯

小狗菲斯

第二十章 说一说菲斯的那些小趣事

跳上跳下追逐海鸥的"英姿"。

当朱莉娅和麦克斯·坦兹这对新婚夫妇遇到我们的时候,他们正在非常兴奋地开怀大笑。他们看上去非常像那种海滩度假广告片里的情侣。年轻漂亮、幸福恩爱,还将白头偕老——而且他们认出了菲斯。菲斯肯定也曾出现在他们国家的广告片里。我只会说英语,而他们的英语也不是太好,但是他们的微笑已经表达了一切。"这是菲斯吗?"他们问。我说,是的。于是他们一边笑着抚摸她,一边跟我们说起他们大约于一个月前在电视里看到过菲斯。我告诉他们,菲斯这次拍的是 PBS 特别节目,但是我不知道他们能不能在阿根廷看到这期节目。也许他们是在"雷普利"的节目里看到菲斯的,据我所知凡是有电视台的国家都播放过这档节目。

时间过得很快,得回酒店了。可是那些沙子却不肯放过我们,从佛罗里达一直跟着我们回到家,鞋子里、衣服里、行李箱里全都进了沙子。我们在还车的时候,很不好意思地告诉服务员说我们把车子弄得太脏了,满是海滩上带来的沙子。服务员笑着说没关系,她已经好几个星期没去过海边了,这让她有到了海边的感觉。真是个好女孩呀!我们在海滩上为菲斯拍的照片都是那种普通的家庭照,他们觉得没有必要印在这本书里面。不过即便如此,你也可以闭上眼睛,想象一下——菲斯在海水里跑进跑出想要逮住那些白色小鸟,而那些小鸟也不甘示弱,冲上翻下地也想啄她几下。

趣事四:菲斯去教堂。只要我记得,我就会带上菲斯去教堂,我经常是傍晚的时候,或者周三礼拜夜人不多的时候带她去。我会在人们不是穿得太正式的场合带上她,免得人们担心粘上这只名犬的黄毛。我自认为菲斯是世界上最酷的狗,但是有些人可不怎么在意她,他们在意的是自己的穿着,他们希望自己在做完礼拜之后,还能体体面面地和家人一起共进午餐。菲斯经常跟我去大都会浸礼会教堂,但她不是这个教堂的教友。想加入这个教堂,你必须信基督。虽然我相信菲斯是基督信徒,但是她从未声明过自己的信仰,所以她就无法成为教堂的候选教友。我们做礼拜时,菲斯经常会觉得很无聊,于是就自己跑到大厅里转悠。每每此时,我都会离开教堂带她回家,但是有一次我们就把她弄丢了。当时我们在做祷告,大概是我们做得太久了,菲斯已

经不耐烦了,而我也没意识到她有什么不对劲。然后她不见了,而且祷告室里谁也没有发现她离开了。

教堂大门通常都是关着的,所以不必担心菲斯跑出教堂去停车场或是坐上别人的车回家。但是她搅扰到了楼下的一间祷告室,你能听见人们的欢呼声、笑声、掌声和他们的高声评论,一切都是因为这个不请自来的特殊客人。接着她成为了那个祷告室的名誉教友,只要她想去,随时都可以去和他们一起做祷告。这就是我的狗,随时随地都可以交到新朋友。

趣事五:菲斯捕鱼记。我前面说到菲斯喜欢追赶鹅群,其实她也喜欢到池塘里用嘴巴捕鱼。有这么一个特别的池塘,水面上的景观布置得饶有趣味。这个池塘就在俄克拉荷马城的威尔罗杰斯公园里,池塘的水面上有好几座小桥,一些漂亮的景致,还有一小片我认为是养水鼠或小海狸的区域。我不知道水里到底有些什么生物,但肯定有一些大锦鲤和鲦鱼之类的小鱼,因为它们都在池边的水面上游动。通常来说,狗是不会把头埋进水里去咬那些鲦鱼的,但是每次我们经过公园的玫瑰园时,菲斯都会这么做。一到春天,玫瑰园里就会开满各种各样漂亮的玫瑰,而且每朵花都挂着标牌向赏花人说明这朵花的种属。花园的另一侧就是那风景如画的池塘,漂亮的锦鲤和银闪闪的鲦鱼在水里一沉一浮地沿着岸边游动,甚至还扭来扭去的,好像在诱惑那些好奇的小黄狗,要他们用鼻子凑过去撩拨它们。菲斯一般都是能够克制自己的,但是现在她不想克制啦,因为她也是一只狗。扑通!她一头扎进水里,钻出水面的时候,叼着满满一嘴银闪闪的,还在不停扭动的小鲦鱼。我们还没来得及抓住她,她就一口把小鱼吞进了肚子里。

趣事六:菲斯闹新人。去年夏天我们参加了《德克萨斯户外博览》节目的录制,我们住在得州格雷普韦恩市的艾美利套房酒店。前台小姐卡洛琳非常喜欢我们的狗,她告诉我们说一对新婚夫妇前一晚刚住进来,在商场里看到了我和菲斯。不过为了不打搅我们,他们只是向卡洛琳打听了一下菲斯,卡洛琳也只能告诉他们一些基本的情况,比如我们住在哪里,菲斯多大了,她的腿怎么了,以及其他一些类似的事情。第二天早上,我们出发去录节目之前,菲斯和劳拉在房间里待着,我则在享用早餐。劳拉正准备按电梯下楼,却发现菲斯自己跑下大厅了,显然她是懒得

等电梯了,这时候一个服务员刚打开电梯旁一间客房的门,菲斯一下子就溜了进去。那对新婚夫妇睡得正香,服务员正为自己打开了门而不知所措。要悄悄地退出房间本来就不容易,而要把菲斯叫出来就更不可能了。劳拉赶紧跑过去,在客房外面喊菲斯出来。而菲斯却有自己的打算。她觉得这对夫妇很面善,挺好讲话的,而且他们刚刚睡醒,一定不会介意摸摸她这个小入侵者的头,说不定还会喂她点吃的。先是新娘笑了起来,接着新郎也跟着乐起来,他们说会尽快下楼吃早餐,如果可能的话还要跟菲斯合影。我不是说每一对度蜜月的新人都会被一个毛茸茸的小家伙闹醒,但是以这样的方式开始两个人共同的新生活,也挺好的。

趣事七:菲斯上学堂。我一直在大学里教授英语。我更愿意教那些好学的学生,我经常会带着我的狗去学校,让学生们看看,既然我能够让一只狗直立行走,那么我肯定他们也可以按时完成作业。我曾经任教于俄克拉荷马市社区学院,校名缩写是 OKCCC,是美国最大的社区大学之一。2005 年秋季开学的时候,有超过 28 000 名学生来学校注册。因为 OKCCC 是一所社区大学,任何人都可以来这里读书,所以学生来自各行各业,有老有少。在我的班上,就既有高中生,也有做了太爷爷的老人。有一堂课的内容就是让学生观察菲斯,并写一个作文提纲,向一个又盲又聋的人详细介绍菲斯。这可不是一个简单的作业。

这时候得菲斯出手相助了,她一个个地和教室里的人进行一对一的交流,确切地说是一狗对一人的交流,她嗅嗅他们,有时候示意他们自己不想靠得太近,有时候又告诉他们,她想爬到他们的膝头。那个晚上她可是动了不少心思。她非得要吃饱喝足了,才肯回到教室前面来。她狡猾地向同学们讨要饼干、糖果和点心,甚至连水也不放过——只要人家愿意给。她打劫战利品的方式说来真让人害臊。她只是盯着他们,摇着尾巴,摆出一副可怜巴巴的样子坐在他们身边,直到他们交出背包里的所有东西后才满意地离开。不过下课的时候,每一位学生都能生动地描述菲斯啦,就算是听不见一个字,看不到一线光的人也能想象得出菲斯的模样——一只没有前腿,却能直立行走的小"清道夫"。我心里其实挺抱歉的,因为一些学生甚至不得不交出了自己的晚餐。但是同样的,这也是生活的一部分……有时候你必须得说"不"。对此,菲斯是可以接受的,她只是会再盯着你看上一两分钟,那天她也的确被拒绝了好几次。平日里菲斯可能并不经常遭到拒绝,但是对于"不"这个字她并不陌生。

第二十一章 最后再说几句，说完又得出发

菲斯的未来一片光明。我们正在给她物色一个优秀的经纪人好让她登上大银幕。她的经历是如此令人惊叹，以至于我们都觉得她的故事应该拍成影片制成 DVD 光碟，这样人们就能永远地看到她，毕竟她是只狗，总有一天她会离开这个世界。我们相信菲斯是能在电影里出演某个角色的狗狗，他们可以带她到处去玩，还可以跟她嬉戏逗乐。我们的确也时不时地接到独立制片人的电话，邀请菲斯参演电影，但是我觉得他们的电影都不是我希望她参演的那一类。菲斯有自己的精彩故事，她可以讲述自己的故事，而且根本无需语言。

想象一下，你坐在某处的一棵树下，正阅读一本书，或者一份报纸，你只是无所事事地坐着。此时，天气晴好，你所有的账单都已付清，孩子们在不远处玩着沙子。生活风

平浪静,平淡无奇。突然间你抬头看到小土墩上一只小狗跳得正欢,是的,她用后腿在跳,仰着头要去追咬一个肥肥的貌似大黄蜂的小东西。那一秒——就是那一秒将永恒地铭刻在你的记忆里。你还没有明白过来,那只小狗就已经改变了你的一切。她没有前腿,她差一点就活不过来了,要不是她费力地活过了出生时的那段日子,她根本不可能有机会站起来行走。但是现在她已经可以追着黄蜂跑了,说不定还能逮住它呢。这就是菲斯的故事——一切皆有可能,没有什么不可能!没事的时候就想想大黄蜂吧,它们不是也可以破茧而出,振翅而飞吗?

菲斯来到我生活里的时候,我绝非是这样一个闲坐树荫下无忧无虑的妇人。我是个单亲妈妈,带着三个十几岁左右的孩子,有学费要付,有衣服要买,还有保险费要交,只要你能说得出的事情,我都得去应付。我就快失业了,也找不到任何人来支持我,忽然我儿子鲁本走进家门,冲着我直笑。原来我儿子带给我一份礼物。这不是一份昂贵的礼物,但是为了养活这份礼物我却耗费了大量的精力,为了教她走路我辞掉了工作,为了适应她的习性,我改变了自己的生活方式。有了菲斯,人生的这段旅程变得如此趣味盎然。

看着儿子当时的表情,我心里明白儿子所做的一切皆是出自善意,源于爱心,而且他还想要实现一个奇迹——他想帮助这只羸弱无助的小狗,让她像其他狗狗那样活下去——他希望我能帮他实现这个美好的愿望。大黄蜂并不是一开始就能自如地飞舞,但它们最终还是飞了起来!只要一点努力、一点时间、一点练习,还有一点信念……它们就可以飞了。另外,信不信由你,有些狗狗因为能用后腿走路,所以更容易抓到这些大黄蜂。你不得不信。

小狗菲斯 第二十一章 最后再说几句,说完又得出发

后 记

这些天我的日程排得非常满。我带着菲斯去各地参加各种节目,展示她奔跑跳跃的才能和狗狗天生拥有的其他各种能力。我有三个孩子,其中一个要去服兵役,我现在必须得为他操心。另外我还经常得为了写作而把自己的事情和我的日程推到一边。我的日子过得并不容易,早上我得趁着状态好,赶紧写作,而下午和晚上我得尽职尽责做个好母亲。我要应付各种琐事,要照看孩子,所有你们平常要做的事情我都得做。所以,我得感谢我的那三个孩子,他们给了我足够的时间来完成我的写作。鲁本·安德鲁·斯特林费罗,我最帅和最勇敢的孩子,谢谢你,我知道你马上要加入美国军队(谢谢大卫·贝斯特上士,我永远都不会忘记您的),为了保卫家园,保卫我和你的小妹妹们,你将要开着庞大凶猛的坦克去冲锋陷阵。我爱你,爱你的奉献精神,爱你的自豪感,你总是以祖国为荣,也以自己为豪。你已经是一个优秀的男子汉了。劳拉·斯特林费罗,我那拥有一头红色秀发,才华横溢,爱唱爱跳的宝贝女儿,你为了我和我的目标牺牲一切,每天都要睡到下午三点以后,让我有时间完成我的这本书。对于你,我会永远感谢。但现在我希望你赶紧起床,打扫卫生。斯特林费罗家的凯蒂小宝贝——小宝贝凯蒂,我珍爱的小女儿,漂亮的小天使,不管你在家做什么,只要能让我好好写作,你都会很乐意地走开不打搅我,你不仅牺牲了自己的时间,亲爱的,还让出了你的电脑。你真棒!但现在,请回家来整理好你的衣柜。(哦!还有你记得我的信用卡在哪吗?)另外,我还要感谢俄亥俄州克利夫兰市的派蒂和罗恩·黑泽尔夫妇。今年夏天我们去克利夫兰参加狗狗欢乐日和灵缇犬团聚活动的时候,派蒂和罗恩带来了他们的爱犬葛迪,是拉布拉多和金毛的混种犬,模样俊秀,体重90磅。整整两天他们俩都在我的帐篷里帮忙回答问题。他们是狂热的追星族,而且热衷此道已有多年,他们曾亲身追随20世纪60年代风格的"菲尔德与都泽氏"[①]乐队外出巡回演出,还为他们提供服务。谢谢你们的汉堡!还有派蒂,感谢你一次又一次地为菲斯献上蛋筒冰淇淋。

[①]菲尔德与都泽氏:Phil Dirt and the Dozers,该乐队从二十世纪中期就开始走红,一直活跃于乐坛。

译后记

"信念就是我们清晨起来寻找太阳的理由,而不是希望。就像我们知道明天注定会到来。相信它,而且你知道它一定会发生,你就这样带着这种感觉活下去,那么这就是信念。"

——朱迪·斯特林费罗

2011年夏,出版社先把《小狗菲斯》这本书交给我,当我后来拿到《与小狗菲斯在一起》这本书时,我才发现后者才是作者的第一本书,也是看过了这本书之后,才真正理解作者为什么对这只没有前腿的小狗如此地宠爱,对菲斯的成功如此骄傲,因为小狗菲斯的经历就是她的生活写照。

《与小狗菲斯在一起》有一大半都是在讲述作者的家庭矛盾,她为了女儿们的监护权与前夫和法官做斗争,为了生存又不断与老板们抗争。说实话,我真为作者捏把汗,她把前夫的家丑连名带姓悉数抖了出来,把在学校、公司、法庭里受到的不公正待遇也不遗余力地痛陈了一番。尤其是她前任婆婆的混乱婚姻史,她可真是来了个彻底的隐私大放送。对于习惯了"家丑不外扬"的中国读者来说,怕是受不了她这种天不怕地不怕的个性,没准还会暗暗地抵触她。但是,这个女人经历了与同一个男人的两次不幸婚姻,眼睁睁地看着女儿们被她们的父亲与继母虐待而无能为力,费尽千辛万苦花了两年多的时间才打赢官司,获得了女儿们的监护权,在此期间还不断地失业,过着朝不保夕的生活。但是,她都挺过来了,她不但获得了博士学位,还写完了两本书,把一只天生没有前腿的小狗训练成能直立行走的世界名犬,当然最重要的是,她的女儿们回到了她的怀抱,这是她作为母亲的最大胜利。像这样一个有过如此经历的女人,还有什么好怕的呢!即便有些言行激烈,纵使有些厉害泼辣,那又如何呢!倘若没有她这刚烈的性子,怎能保全女儿们的安危和自己的生活呢!她就是这样一位伟大的母亲,一个了不起的女勇士。

小狗菲斯和她的主人一样有着多舛的命运,只是形式有所不同,但是她们都秉持着信念闯了过来,并且创造了奇迹。两本书中都有对菲斯的描述,而《小狗菲斯》就主要聚焦在菲斯身上了。她出生时让人心碎的情形,她学会走路后让人捧腹的模样,她在《奥普拉秀》上的"仪态万方",还有

她与哈利·波特的是是非非……这只小黄狗俨然成了一位魅力四射的超级明星。更重要的是,她还有着让所有超级明星们望尘莫及的神奇魔力——拯救人类。那位坐着轮椅的老太太本要买枪自杀,就是因为亲眼见到了菲斯而放弃了轻生的念头,还有那位糖尿病患者也是见到了菲斯之后而决定勇敢地活下去……也许有人会觉得,这是不是太夸张了,这只小黄狗无非就是少了两只前腿学会了直立行走嘛,怎么能不费一言一语,一枪一炮就把一心赴死的人们从死神手里夺了回来呢?而且她只是一只狗嘛,她顶多知道自己叫菲斯,并不晓得"信念"是个啥玩意儿。她和其他的狗狗一样,她想要的无非就是美味的花生酱,要么就是跑到公园里追鸭逐鹅,要么就是躲到床底下睡大觉,根本不觉得自己少了两条腿有什么不一样,也不觉得自己能像人一样走路有什么了不起,更不懂得要去感化那些绝望的人类。但是,这不正是"信念"的真谛所在吗?以最坦然、最平常的心态接受自己的残缺,不为自己的不幸而自怜自哀,而是带着残缺过着正常的生活,坚定地追求着心中希冀的幸福。

菲斯出生于 2002 年 12 月 22 日,根据她官方网站的消息,这位誉满全球的明星狗狗要退休了。在她 2012 年十周岁生日庆典之后,就正式退出"舞台",不再满世界参加公益和慈善活动了。虽然只有十岁,但她其实相当于人类六十岁了。中国的老太太们一般五十五岁就可以退休了,算起来她还多工作了五年呢,实在是该安享晚年了。来,就让我们祝菲斯"老太太""身体健康,吃嘛嘛香"吧!

最后,我必须发挥一下译后记最重要的功能,那就是"致谢"!首先,非常感谢我的两位合译者叶连城先生和杨雯女士,感谢他们带给我这段难忘而充实的合作经历。另外,我要感谢我的老朋友孙亚莉女士,龚辉晖先生,左灵芝女士,刘一鸣女士,吴向阳先生,他们总是在我紧急困顿之时,挺身而出,拯救我于水火之中。还有我在广东外语外贸大学的室友刘永利女士,如果没有她同我一起"寒窗苦读",没有她的鼓励与"欣赏",我早就撑不下去了。总之,感谢所有关心和帮助过我的师长们、朋友们、同事们还有学生们。至于我对家人的感激之情真是无法用言语来表达,我只想说我爱你们!我的叮当小宝贝,妈妈永远爱你!最后,特别感谢广东外语外贸大学翻译学研究中心、华南师范大学增城学院外语系,以及重庆出版社对此套书翻译工作的大力支持。

陈 庆
2012 年 4 月末于华南师范大学增城学院